Johannes Gelich

CHLOR

Roman

Literaturverlag Droschl

Für Linda

EINS

> *L'entreprise* [das Unternehmen], das ist kein schönes Wort. Es beginnt mit *lente*, was Nisse [Ei einer Laus, das an den Haaren festgeklebt ist] bedeutet. Danach kommt *prise* [Ergreifen], als würde etwas gefangen werden, als fände eine Inbesitznahme statt. Und zwischen beiden steht dieses re, das alsbald das *ri* [Gelächter] stören wird und klingt wie ein *rot* [Rülpser]. Kurzum, das Unternehmen ist ein fettes Gebilde unter dem Zugriff des Parasiten.
>
> Roland Barthes

Nach der Wärme im Hallenbad schlägt mir auf der Straße die kalte Luft ins Gesicht. Es ist kühl und feucht wie im November. Ich bin dankbar für diesen ungeplanten Tag in der Halle. Zuhause mache ich kein Licht. Es erscheint mir absurd, Licht für mich allein zu machen. Ich bin nicht hungrig oder durstig, vielmehr verspüre ich ein mattes Verlangen abzuschalten und beobachte die Hausfassade gegenüber, während ich auf der Wohnzimmer-Couch im Halbdunkel sitze. Ich frage mich, ob das Mädchen mit dem Zebramuster-Bikini morgen wieder ins Hallenbad kommen wird. Die Dämmerung über den Dächern geht in die Nacht über, hinter einigen Fenstern flackert nervöses Licht aus Bildschirmen. Die Stimmen vom Hallenbad haben sich in meinem Kopf zu einem gleichmäßigen Geflüster beruhigt. Ich erfreue mich an dem rhythmischen Zusammenspiel der bunt aufflackernden Fenster. Blau, ein Rotschimmer dort, ein gelbliches Zucken hier, doch zumeist ein hektisches kaltes Blau. Während ich das feierabendliche Treiben hinter den Fenstern des Nachbarhauses verfolge, ziehen die Bilder von heute Morgen an mir vorbei: Ich fuhr wie jeden Tag in die Firma, grüßte im Aufzug den einen oder anderen Kollegen mit einem Nicken und betrat mein Büro im 7. Stock unseres Glas-Solitärs am Donauufer. Ich schaltete den Computer ein, packte einige Unterlagen aus meiner Aktentasche, als ich den Anruf von Abteilungsleiterin Kain zu einem Vier-Augen-Gespräch entgegennahm. In ihrem Büro teilte sie mir mit, dass unsere Abteilung aufgrund von Reengineeringmaßnahmen umstrukturiert werde, und händigte mir ein Kündigungsschreiben aus. Ich sei mit sofortiger Wirkung vom Dienst freigestellt, meine Anwesenheit für die Dauer der Kündigungsfrist im Haus nicht mehr erforderlich. Wegen der Abfertigung solle ich mich in Verbindung mit dem Personalbüro setzen. Als wir auf den Supervisor warteten, erklärte mir die Kain, dass sie wahrscheinlich selber dran glauben müsse. Ich ruf dich an!, sagte sie zum Abschied in der Tür ihres Büros und übergab mich lächelnd dem Supervisor. Er eskortierte mich in mein Büro und überwachte meinen Auszug. Während ich meine privaten Angelegenheiten ordnete, entschuldigte sich der Supervisor einige Male mechanisch: Sie wissen ja, die Vorschrift. Schon gut, sagte ich. Nach einer Stunde hatte ich meine privaten E-Mails und Adressen kopiert und die Schubladen meines Schreibtisches ausgeräumt. Als ich den Computer mit dem hinteren Kippschalter über dem Gebläse abwürgte, fragte der Supervisor: Machen Sie das immer so? Ich antwortete nicht, steckte meine Unterlagen und das Kündigungsschreiben in meine Aktentasche, und wir verließen schweigend mein Büro. Nachdem wir uns verabschiedet hatten, drückte er für mich den Aufzugsknopf. Bei der Fahrt abwärts empfand ich eine lähmende Dankbarkeit, dass das Unternehmen für mich gehandelt hatte, und vergaß ganz darauf, meinen Kollegen zuzunicken. Zuhause überlegte ich, was ich mit dem angebrochenen Tag anfangen sollte, holte meine Schwimmsachen aus der Kommode im Schlafzimmer und ging zu Fuß in die Schwimmhalle. Ich höre in den Korridor und erwarte das Geräusch von

Viviens Schlüssel im Schloss der Wohnungstür. In der Halle war es wärmer als in diesem abgekühlten und unbewohnten Appartement. Ich würde jetzt lieber im Hallenbad neben dem Mädchen mit dem Zebramuster-Bikini sitzen. Beim Warten auf meine Frau komme ich mir vor wie ein pawlowscher Hund, der das Geräusch von Viviens Schritten herbeisehnt. Ich stelle mir das Raunen ihres Trolleykoffers auf dem Dielenboden des Korridors vor. Oder eine ungeschickte Umarmung, der ein abfälliges Wort über meinen Chlorgeruch entspringt. Ich werde sie fragen, wie die Geschäftsreise war, das Seminar, ohne glaubhaft Interesse vortäuschen zu können. Sie wird von ihrem Chef erzählen, der die Überstunden nicht bezahlen will. Oder von ihrem Malkurs und dem blauen Stück der Venus. Ich stehe von der Couch auf und schlurfe ins Badezimmer, um mir das Gesicht mit Seife abzuwaschen. Die Haut ist durchsetzt von feinen, roten Punkten und Äderchen. Ich betaste mit den Fingern die Druckstellen, die die Schwimmbrille auf meinem Gesicht hinterlassen hat. Mein Blick fällt vom Spiegel auf die nassen Handtücher und die Badehose auf dem Wäscheständer. Normalerweise gehe ich ein- oder zweimal in der Woche ins Hallenbad. Sie behauptet, ich ginge absichtlich ins Schwimmbad, um hinterher nach Chlor zu stinken und nicht mit ihr schlafen zu müssen. Ihr ekelt vor dem Geruch des Chlors, vermischt mit meinen Ausdünstungen. Weil du ein Mann bist, stinkst du nach dem Hallenbad viel stärker nach Chlor als eine Frau, belehrte sie mich öfter. Ihr eigener Chlorgeruch stört sie nicht. Sie rieche ihn überhaupt nicht, behauptet sie wenigstens: sie rieche *nie* nach Chlor. Es gab Tage, die rochen besser. Tage, deren Reste ich in Form von zusammengeknüllten Zettelchen in meiner Haiku-Kiste aufbewahre. »Meine Tage riechst du/ gefiedertes Tier/ das dich umspringt.« Mir kommt mein Chlorgeruch heute besonders intensiv vor, doch das liegt wahrscheinlich an dem schlechten Gewissen, dass ich mir das Hallenbad nicht mit einem anstrengenden Bürotag verdient habe. Ich würde gerne all das Chlor ungeschehen machen, zumindest heute und für den Augenblick, und überlege, ob ich noch einmal duschen soll. Ich muss Vivien verheimlichen, dass ich den ganzen Tag im Hallenbad vertrödelt habe. Sie hätte dafür kein Verständnis. Meine chlorhaltigen Schwimmsachen müssen verschwinden. Ich stelle mir ihren inneren Triumph vor, wenn ich ihr erzählen würde, dass ich gekündigt worden bin. Sie hat mich für mein mangelhaftes Engagement in der Firma öfter kritisiert und mir die Kündigung prophezeit, weil ich nicht motiviert genug sei. Meine Kündigung wäre ihre Bestätigung. Vivien hat keine Ahnung vom wahren Ausmaß meiner Arbeitsverweigerung. Die Kündigung kommt für mich trotzdem überraschend. Ich hatte keine Angst aufzufliegen. Ich fühlte mich im Windschatten von Abteilungsleiterin Kain sicher, weil ich dachte, sie wäre als Erste fällig, wenn herauskäme, dass unsere Abteilung völlig unproduktiv ist. Ich war mir sicher, es würde auf sie zurückfallen, dass sie ihre Mitarbeiter nicht motivieren könne. Ich werde auf einmal panisch, Vivien könnte mich mit den nassen Badesachen in der Hand überraschen, während der Chlorgeruch von mir abdampft. Ich beginne zu schwitzen. Die nassen Handtücher könnte ich in der Waschmaschine entsorgen, doch die Schuhe und die Badehose würden mich verraten. Es brauchte ein Versteck. Der Balkon wäre denkbar, doch Vivien könnte dort über Nacht ihre verrauchte Nylonjacke zum Auslüften aufhängen. Vielleicht der Fahrradkeller, in dem unsere Fahrräder stehen? Doch was, wenn sie morgen ausnahmsweise ihr Fahrrad auf dem Weg zur Arbeit benützt? Ich gehe zum Wohnzimmerfenster und beobachte die Gestalten hinter den Fenstern im Nachbarhaus gegenüber. Einige Passanten huschen am Haustor vorbei. Niemand betritt das Haus. Der Innenhof wäre eine Alternative. Ich stopfe die nassen Badesachen in meinen Rucksack und laufe aus der Wohnung. Vor dem Hauseingang parkt umständlich eine rote Honda-Limousine ein, und für eine Schrecksekunde glaube ich, es ist Vivien. Ich habe ganz vergessen, dass sie ihren roten Honda schon letztes Jahr verkauft hat, weil ihr Chef nur einen kleinen Mini fährt und ein Mitarbeiter Vivien geflüstert hatte, dass es der Chef nicht leiden könne, wenn seine Mitarbeiter unter ihm »größer fuhren« als er. Ich überquere die Straße und schaue die Straßenschlucht hinunter in Richtung Westen, wo sich die dunkle Silhouette des Wiener Walds am Horizont wölbt. Ich ziehe den Kopf ein, als hätte ich einen Schlag zu erwarten, und probiere die Klinke des Nachbarhauses. Das Tor ist offen. Hinter dem Eingang flackert schwach das rötliche Plastiklämpchen des Schalters für die Gangbeleuchtung. Ich haste vorbei an den gold-métallisé glänzenden Postkästen und finde die Tür zum Innenhof. Im Garten ist eine Wäscheleine zwischen zwei Bäume gespannt, auf die ich die weißen, noch feuchten Seeigel-Schuhe mit den giftig orangefarbenen Wäscheklammern festzwicke. Die weißen Plastikschuhe habe ich während eines Mallorca-Urlaubs mit Vivien gekauft, um mich gegen die Strongylocentroti franciscani am Felsstrand zu wappnen. An den Felsen unter dem Wasserspiegel wimmelte es von Seeigeln. Vivien hatte mit Strandschuhen vorgesorgt, für die ich sie ausgelacht hatte, weil sie wie Ballettschuhe aussahen. Bis ich mir selbst einen Seeigel eingetreten hatte, dessen Stacheln ein Arzt vor Ort herausoperieren musste. Dann besorgte ich mir auch solche Strandschuhe aus Plastik. Die knorrigen Franziskaner können bis zu 200 Jahre alt werden, und ihre Stacheln bleiben bis zum Lebensende kräftig. Ich frage mich, warum der Mensch für so eine Beständigkeit nicht geschaffen ist. Der rote Strongylocentrotus wird nie krank, und die Altersbestimmung ist nur durch Gewebeanalyse möglich. Die hundertjährigen Seeigel produzieren sogar mehr und bessere Samen als die jüngeren. Nach diesem Urlaub wuchsen mir die Seeigel-Schuhe ans Herz, und ich verwende sie auch heute noch im Hallenbad. (Wie lange ist unser Schlafzimmer von allen Planeten verlassen? Planeten, die ich auf lange zurückliegenden Spanien-Urlauben fotografierte, als ich die Kamera mit offenem Verschluss auf den Rücken legte, und sich die Sterne wie unscharfe Girlanden ihre Spur am blauschwarzen Himmel bahnten?) Ich zwicke Handtuch und Badehose neben die Schuhe und werfe einen schnellen Blick auf die Fenster im Parterre, als hätte ich etwas zu verbergen und nicht sie. In einer Wohnung im ersten Stock brennt Licht, aber ich kann kein spitzelndes Gesicht hinter den Scheiben erkennen und mache mich davon. Zurück auf der Couch, höre ich meinem Atem zu, wie er sich beruhigt und wieder übergeht in eine täuschend echte Unauffälligkeit. Das bunte Aufglühen der Fernseher hinter den Fenstern des Nachbarhauses gegenüber reicht mir als Unterhaltung. Vivien kann kommen, ohne irgendwelche nachlässigen Spuren dieses Tages vorzufinden. Da fällt mir ein, dass auf dem Anrufbeantworter neben den Nachrichten für Vivien auch jene von Chefin Kain gespeichert sein muss. Als ich nach Hause kam, hatte sie mir schon aufs Band gesprochen und um Rückruf gebeten. Ich springe von der Couch auf und haste ins Vorzimmer zum Telefontischchen. Aus Versehen drücke ich die Taste zum Abhören unserer Begrüßung: »Vivien und ich sind im Moment nicht zuhause. Bitte versuchen Sie es zu einem späteren Zeitpunkt oder hinterlassen Sie eine Nachricht. Danke!« Der Anrufbeantworter fragt nicht danach, ob man einen Tag löschen will, ohne an ihn erinnert zu werden. Nachdem ich die Nachrichten noch einmal über mich ergehen lasse, lösche ich sie mit einem lang anhaltenden Knopfdruck, einer ungebührlichen Anstrengung, dann ist auch diese Spur beseitigt. Ich setze mich wieder auf das Sofa und denke an die Schwimmer, die ich heute im Bad beobachtet habe. Ich frage mich, ob der ehrgeizige Schwimmer, der heute als Letzter aus dem Wasser gestiegen ist, diesen kurzen Moment bewusst erlebt hat? Oder ob dieser poetische Augenblick spurlos an ihm vorüberging wie irgendein anonymer Passant? Jetzt springen die Gymnastikerinnen im Wasser mit ihren bunten Schaumstoffstangen zwischen den Beinen an mir vorbei. Der Tag in der Schwimmhalle verlief ruhig, ohne laute Streitereien. Ich fürchte, heute Nacht könnte es noch zu einer Umarmung mit Vivien kommen. Sie würde dann bestimmt das Chlor riechen. Die Haut am Hals ist weicher und absorbiert das Chlor stärker als die dickere Haut an den Wangen. Ich stehe auf, gehe ins Bad und suche im Spiegelschrank ein altes Parfum. Seit Jahren habe ich kein Duftwasser mehr verwendet, denn ich wüsste nicht, wofür ich gut riechen sollte. Ich habe auch lange kein Parfum mehr geschenkt bekommen. Im Spiegelschrank finde ich eine verstaubte Flasche Davidoff und bespritze meinen Hals auf beiden Seiten. Das Davidoff-Fläschchen ist noch fast voll, ich weiß nicht mehr, wann ich aufgehört habe, auf meinen guten Geruch zu achten. Das Davidoff muss ein Geschenk von der Mutter in Familie 1 oder dem Vater in Familie 2 sein, die beide gut riechen. Im Alter zwischen 14 und 18 wurde ich von ihnen mit unzähligen Flaschen Parfum eingedeckt. An ihnen sollte mein schlechter Geruch nicht gelegen haben. Ich weiß keine Erklärung, warum ich all diese verstaubten und abgestandenen Parfumfläschchen nicht längst entsorgt habe. Ich schließe die Badezimmertür hinter mir, öffne sie aber gleich wieder, damit es noch etwas durchziehen kann und das Parfum sich verflüchtigt. Alles ist für eine Spur gut. Dann lasse ich mich endlich auf das Sofa fallen, und meine Betrachtungen verlieren sich in Gedanken an die warme Schwimmhalle und das Mädchen mit dem Zebramuster-Bikini.

Als ich erwache, dringt von draußen milchiges Dämmerlicht herein. Ich muss in meiner Parfumwolke eingeschlafen sein, während Vivien vielleicht versuchte, mich zu erreichen. Sie hat wohl das frühe Flugzeug versäumt und die Spätmaschine genommen, doch als sie vom Zoll in die Ankunftshalle kam, hat sie trotzdem mein Gesicht hinter den Aluminiumrohren der Absperrung gesucht. Das geht mir immer so, dass ich dein Gesicht unter den Wartenden suche, auch wenn ich sicher bin, dass du mich nicht abholen kommst! Sie muss mich auf dem Sofa vorgefunden haben, den Kopf auf die Brust gesunken. Sie hat mir die karierte Pferdedecke über Bauch und Beine gelegt. Nicht zu nahe an Mund und Nase wegen des Asthmas. Das weiß sie. Ihre Reisen treiben sie nicht in meine Arme, das weiß sie auch. Sie griff mir mit der Hand in den Nacken, daran erinnere ich mich schemenhaft. So, wie sie es gerne hätte, dass ich ihr in den Nacken greife, nach einem schlechten Nackentag auf ihrem Bürostuhl. Sie hat sich wohl über mich gebeugt und das Parfum an meinem Hals gerochen. Sie hat sich vielleicht gefragt, wofür ich das Parfum aufgetragen habe. Für sie? Wozu, wenn wir uns nicht einmal mehr Haikus schrieben? Ich höre Vivien im Badezimmer duschen, während ich meine Lage überprüfe. Ich stehe auf und drücke mich ans Fenster. Im Anblick des vor sich hindämmernden Nachbarhauses frage ich mich, ob meine Wäsche schon trocken ist. Ich werde heute ein zweites Handtuch in Verwendung nehmen und das nasse im Hof hängen lassen oder im Hallenbad trocknen. Vivien wird den verstärkten Handtuchgebrauch hoffentlich nicht registrieren. Juhuhui. Juhuhä. Juhuhui. Juhuhä. Ich springe ins Vorzimmer, nehme den Hörer ab und lege beide Hände an die Sprechmuschel, um meine Stimme zu dämpfen. Abteilungsleiterin Kain ist am Apparat: Sorry für den frühen Anruf, ich habe den ganzen Tag ein NBC-Meeting – Schon gut, sage ich. Sie hebt ihre Stimme: Wie geht es dir? Ich antworte nicht.

Hallo? Ja, ich bin noch da. Hör zu, Hans, willst du morgen nicht auf einen Sprung vorbeischauen? Ich spreche leise in den Hörer: Ich weiß nicht. Ich höre das Rauschen in der Leitung. Ich weiß es wirklich nicht. Haben sie dich nicht –? Nein, ich bin noch einmal davongekommen, sie haben mich umgelegt, mein Netzwerk funktioniert noch ganz gut. Okay, sage ich, ich habe geglaubt, sie streichen die gesamte Abteilung? Und was ist mit deinem Netzwerk?, fragt sie. Was für ein Netzwerk? Hör zu, Hans, ich könnte einen Termin in der SSDI für dich ausmachen, die Umschulungen kosten nichts, aber du musst es wirklich wollen! Ich höre ein leises Knacksen in der Leitung. Ich weiß nicht. Ich verstehe dich völlig, sagt die Kain. Du bist enttäuscht, wütend; ruf mich einfach an, wenn du soweit bist, okay? Ciao. Ciao. Wir legen beide auf. Ich hätte ihr gerne gesagt, dass ich nicht enttäuscht bin, nicht wütend, aber ich war zu langsam. Ich betrachte den Hörer, als wäre noch eine letzte Botschaft von ihm zu erwarten, und überlege, ob ich die Kain noch einmal anrufen soll. Da steht Vivien neben mir im Korridor. Sie hat ein großes Badetuch um den Oberkörper geschlungen, das Duschwasser tropft von ihren gebündelten Haaren. Sie sagt: Hallo. Ich sage: Hallo. Ich habe dich nicht gehört! Wir schauen uns an und suchen nach unbefangenen Bewegungen. Sie sagt noch einmal: Hallo, wie eine Aufforderung zu etwas Unaussprechlichem. Ich greife ihr in den Nacken und küsse sie neben den Mund. Es interessiert sie nicht, wer um diese graue Uhrzeit angerufen hat, und ich bin ihr dankbar dafür. Ich wüsste nicht, wie ich mich verstellen könnte. Die Müdigkeit starrt mir aus ihrem Gesicht entgegen, das zerknittert ist nach diesem schnellen Schlaf. Wir sind beide nicht so gelegen, wie wir uns das gewünscht haben. Ich stelle mir vor, dass das ihr erster Gedanke am Morgen ist, wenn sie die zu heiße Kaffeetasse an die Lippen führt und zurückzuckt, dann denkt sie vielleicht, dass ihr etwas fehlt, das nicht nur an den Lippen warm ist. Dass für einen Griff in den Nacken jetzt keine Zeit mehr ist und sie hinter dem Nacken schon lieber die Lehne des Bürosessels spüren möchte, das angenehme Plastik, das ihr in den Nacken greift, wann immer sie will. Sie muss nur den hydraulischen Griff unter der gepolsterten Sitzfläche hochziehen. Wie war dein Wochenende? Gut. Und dein gestriger Tag? Gut. Gut. Wir nicken uns abwesend zu. Erfolgreich. Ich hasse es, wie sie das Wort erfolgreich ausspricht. Vivien fragt: Sind keine Nachrichten am Anrufbeantworter gewesen? Ihr Gesicht hellt sich kurz auf, weil es um ihre Angelegenheiten geht. Ich habe sie vielleicht gelöscht. Du hast sie vielleicht gelöscht? Sie verzieht ihr Gesicht, und es bilden sich kleine Falten auf der Stirn. Ich mag die Falten. Ich frage mich, ob Vivien bemerkt hat, dass ich auf der Couch eingeschlafen bin, weil ich auf sie gewartet habe. Oder ob sie daran lieber keinen Gedanken verschwendet. Ich habe es eilig. Am Abend gibt es ein wichtiges Essen mit den Chefs aus Deutschland. Ihre schnellen Worte zielen schon ganz woanders hin, wie Wasserspritzer, die über die Duschtasse hinausspritzen. Machen wir uns ein schönes Wochenende mit Kochen? Ja. Ja. Sie umarmt mich schnell. Während der kurzen Umarmung spüre ich das Duschwasser von ihren nassen Haaren auf mein Gesicht tropfen. Auch mein Hals wird nass, und ich rieche an mir das Davidoff. Ich habe Angst, dass ihr der Geruch des Chlors in die Nase gerät, ich rieche nur den widerlichen abgestandenen Parfumrest. Du riechst gut. Vivien lächelt mich an. Ja, dein Davidoff. Sie fragt: Bist du verliebt? Ich muss los. Ich sage: Ich lege mich noch ein bisschen hin. Wir tun so, als würden wir uns küssen. Sie lässt mich im Vorzimmer mit diesem Geruch stehen und verschwindet wieder im Badezimmer. Mein Blick folgt der Spur ihrer nassen Füße am Holzboden des Korridors bis zum Badezimmer. Dann gehe ich ins Schlafzimmer und lasse mich ins warme Bett fallen, das nach Schlaf und Vivien riecht. Ich liege auf der angewärmten Seite, wo Vivien geschlafen hat, und greife hinüber auf die andere Seite. Es ist ganz kalt da. Ich lasse meine Hand auf meiner Seite liegen, bis ich irgendwann die Tür ins Schloss fallen höre.

Juhuhui. Juhuhä. Juhuhui. Juhuhä. Juhuhui. Juhuhä. Ich erwache am späten Vormittag vom schrillen Dreiklang des Telefons. Eine kratzende Stimme dröhnt durch den Lautsprecher des Anrufbeantworters. Die Deckenlampe aus Milchglas, die aussieht wie ein gekochtes Fischauge, starrt auf mich herab. Ich kann nicht mehr einschlafen und stemme mich aus dem Bett. Auf dem Anrufbeantworter finde ich drei Nachrichten. Vivien bittet – eine ihrer telefonischen Kleinstaufgaben und Kleinstbefehle –, etwas für das Frühstück zu kaufen. Die zweite Nachricht ist von ihrem Vater. Er schreit hilflos ins Telefon. Hans? Vivien? Er will wissen, wie es unserer Tochter Emilie geht. Seit seinem Schlaganfall vor ein paar Jahren bildet er sich ein, wir hätten eine Tochter, die Emilie heißt. Die dritte Nachricht ist von der Kain. Ich lösche die Nachrichten, ziehe mich an und verlasse die Wohnung. Die Luft ist trocken unter diesem trüben weißlichen Himmel. Das Haustor gegenüber ist nicht versperrt. Ich hoffe, dass meine Badesachen über Nacht getrocknet sind und nicht gestohlen wurden. Die Wäsche ist noch klamm, aber fast trocken. Ich freue mich, dass ich von diesem glücklichen Zufall und günstigem Wetter abhängig bin. Welcher Berufszweig kann das heute von sich behaupten, außer den Schneearbeitern? Das Handtuch werde ich auf dem von der Fußbodenheizung gewärmten Stein im Hallenbad schlusstrocknen. Ich falte es zusammen, lege die Badesachen zwischen das Handtuch, falte es ein letztes Mal und stecke alles zusammen mit den Badeschuhen in den Rucksack. Zurück auf der Straße, werfe ich einen letzten Blick zu unserer Wohnung nach oben. Im Haus gegenüber streckt ein Kleinkind im zweiten Stock seine Kinderhand zwischen den Gitterstäben nach draußen und versucht zu winken. Doch sein Winken gilt offensichtlich nicht mir, da es mich nicht bemerkt hat. Ich überlege, ob mir Vivien von unserer Wohnung je nachgewunken hat. Es wäre schön, wenn sie jetzt da oben im dritten Stock aus unserem Wohnzimmerfenster schauen und mir nachwinken würde, doch sie sitzt wahrscheinlich längst in ihrem Büro auf ihrem Drehstuhl. Vielleicht fragt sie sich, warum ich nach all den Jahren auf einmal das Davidoff verwendet habe. Ob für sie oder für eine andere Frau? Sie empfindet diese ungewohnte Duftkulisse vielleicht wie eine unsichtbare Wand zwischen uns. Auf dem Weg ins Hallenbad drehe ich mich immer wieder nach unsichtbaren Verfolgern um, ich will sichergehen, dass mir niemand folgt, obwohl ich weiß, dass niemand hinter mir ist, aber es ist ein Tick wie das manische Abrufen der E-Mails, obwohl man sie gerade gecheckt hat und auf keine neuen Nachrichten zu hoffen braucht. Ich freue mich auf den Augenblick, da ich meinen lächerlichen Alltag hinter mir lasse und mich die abstoßende Geschäftigkeit auf den Straßen nicht mehr tangiert. An der Außenmauer des Hallenbades springen Fische aus einem gemalten Meer. Ein Wal taucht auf und bläst eine Wasserfontäne in die Luft. Im Entree riecht es nach künstlicher Wärme und Chlor. Kreischende Kinder in Badehosen rennen durcheinander, die Stufen hinunter zum Umkleidebereich. Ich bekomme einen Schlüssel zugeteilt – ein Schlüssel für mich allein – und suche die Nummer meines Spindes. Ich ziehe mich aus und hänge Hemd und Hose hinein. Dann gehe ich in Badehose zu den Duschen. Die Wärme hier unten ist ausreichend für diese leichte Bekleidung. Auf der Treppe, die hinauf in den Beckenbereich führt, folge ich einem wunderlichen Klingeln. Die Treppe macht eine Kehrtwendung um 180°, und hinter der Biegung blicke ich auf die sonnengebräunte Schulter einer Schwimmerin. An ihrem blauen Rucksack schlagen zwei Reißverschlüsse aus Metall aneinander und erzeugen das schöne Geräusch. Die Schwimmerin trägt einen gelben Bikini. Beim Stiegensteigen bilden sich dunkelbraune Falten an ihren Hüften. Ihre Haarspitzen sind feucht und streichen rhythmisch über ihre Schultern. Oben im Beckenbereich schlägt mir heiße, wüstenartige Luft entgegen. Die junge Frau mit dem klingelnden Rucksack bleibt unschlüssig vor dem Becken stehen. Dann steuert sie auf die beige gekachelten Stufen eines Abgangs zu, der wieder in die Tiefe führt. Ich beschließe ihr nachzugehen und folge ihrem klingelnden Rücken. Sie erreicht eine gerippte Glastür, die nach dem Öffnen den Blick in die Kantine freigibt. Ich folge ihr. Nachdem sich unser Abstand in der Kantine verringert hat, sodass sie meine Nähe unangenehm zu spüren bekommen muss, wirft sie hastig ihren Kopf nach hinten und blickt mir unvermittelt ins Gesicht. Sie denkt wahrscheinlich, ich stelle ihr nach. In ihrem Gesicht liegt ein Anflug von Angst, und ich wende meinen Blick schnell ab. Ich gehe an ihr vorbei und wähle einen Platz bei den blau schimmernden Bullaugen, die unterhalb des Wasserspiegels liegen. Sie geben den Blick frei auf die wie schwebenden Körper der Schwimmer. Ihre unkoordiniert wirkenden, ruckartigen Bewegungen wirken Mitleid erregend. Angesichts großer Wassermassen verlässt mich oft der Wunsch, darin zu schwimmen, erscheint mir der Übergang vom Trockenen ins Nasse unheimlich. Wenn ich einmal drinnen bin, bleibe ich gerne im Wasser, wie kalt es auch sein mag. Als Heranwachsender saß ich oft stundenlang am Ufer von Flüssen oder Seen und starrte auf das Wasser wie ein Fischer ohne Angel. Oder ich zog meine Kamera mit offenem Verschluss über die Wasseroberfläche und bannte das Glitzern des Lichts in den Wellen auf Film. Die Lichtreflexe der Sonne in den Wellen bildeten gelbe Bilderspuren aus Licht. Ich habe Hunderte von solchen Bewegungsstudien gemacht. Am Meer war ich schwer zu trennen von den Felsen, auf denen ich meinen Träumen nachhing. Ich drehe meinen Stuhl so vor das Bullauge, als wäre es ein Fernseher. Hinter mir unterhalten sich einige Saunagäste laut und aufgelockert, ihre Unterkörper in Badetücher gewickelt. Über meinem Gesichtsfeld mühen sich ins Hohlkreuz gebogene Schwimmer in dem blau und silbern schillernden Becken ab. Ich stelle mir vor, wie das Wasser die Kantine überfluten würde, wenn jemand mutwillig das Bullauge mit einem Vorschlaghammer einschlüge. Bilder von der sinkenden Titanic oder von einem anderen Katastrophenfilm laufen in mir ab. Vielleicht würde durch den entstandenen Sog auch ein Schwimmer, der gerade am Bullauge vorüberschwimmt, in die Kantine hineingezogen? Ich erinnere mich an den James Bond-Film »Fire Ball«, wo Adolfo Celi mit Augenklappe als Erzbösewicht Emilio Largo zwei Atombomben der NATO entführt. Am Ende liefern sich der Geheimdienst von 007 und die Geheimorganisation Phantom eine furios choreographierte Unterwasserschlacht. Ohne Schießpulver und nur mit Harpunen bewaffnet, kämpfen die Guten gegen die Bösen, Mann gegen Mann, wie in einer mittelalterlichen Schlacht, während über Wasser ein High-Tech-Krieg mit Atombomben droht. Mir gefällt diese vom Wasser aufgezwungene Abrüstung. *Angelina, Angelina, please bring down your concertina, and play a welcome for me 'cause I'll be coming home from sea …* Ich bestelle ein Bier, das mir eine Kellnerin in einem weißen Krankenschwesternkittel an den Tisch bringt. Sie will gleich kassieren. Die Frau mit dem Rucksack hat sich an den Tisch mit den Badegästen gesetzt. Ich halte das volle Bierglas gegen das Neonlicht der Kantine und betrachte die sitzenden Badegäste hinter den aufsteigenden Perlen des Biers. Durch das Glas gebrochen, verwandeln sie sich in lang gezogene Schemen, die aussehen wie Kapuzen des Ku-Klux-Klan. Ich sehe die Insassen verschwommen in diesem goldgelben, von Kohlensäure durchsetzten Raum, beinahe bewegungslos, ereignislos, wie in einer unbespielten Guckkastenbühne. Das Bierglas wird zur Taschenbühne, auf der ich die Saunagäste tanzen lasse. Die Kohlensäureperlen steigen auf wie kurze Silben aus meiner Vergangenheit. Ich erinnere mich, wie ich im Schüleralter begann, dem Bier zuzusprechen. Wie abstoßend mir heute das Wort Schüler vorkommt. Der Vater von Familie 2 gab uns schon früh Bier. Wenn wir Bier wollten, mussten der Bruder und ich antreten und salutieren: General, ein Bier bitte! In der Gymnasialzeit betranken wir uns manchmal mit Gratisbier in der Burse einer schlagenden Verbindung, wo immer von den »Saujuden« die Rede war. Später war der »Saujud« nicht mehr gratis, und die Schlagenden verlangten zehn Schilling pro Bier. Wir gingen dann nicht mehr hin. Zur selben Zeit lasen wir im Griechisch-Unterricht das Höhlengleichnis, und ich empfand mich selbst als Bewohner einer humanistischen Höhle, deren Eingang längst verschüttet war. Ich spüle das Bild der am Gemäuer aufflackernden Schatten der Gefangenen mit meinem Bier hinunter und widme mich wieder den Schwimmern hinter den Bullaugen. Sie sind freiwillig hinunter in die Höhle voller Wasser gestiegen. *Angelina, Angelina, please bring down your concertina, and play* … Ich suche am Plafond in der Ecke der Kantine nach den Radiolautsprechern. Dabei fällt mir die Legende von der Musikkapelle auf der Titanic ein, die beim Untergang des Passagierschiffes einfach weitergespielt haben soll. Während die Passagiere in Panik auf die oberen Decks zu gelangen suchten, blieben die Musikanten einfach sitzen und spielten unbeirrt weiter. Ich wäre gerne einer von denen, die weiterspielen, während das Schiff untergeht. Vielleicht bin ich bereits einer von ihnen? Ich stelle mir vor, wie Vivien jetzt in ihrem surrenden Büro innehält, um mein Telefonat am Morgen mit meinem ungewohnten Parfumgeruch in Zusammenhang zu bringen. Sie denkt vielleicht, das Telefon und das Parfum seien Zeichen einer neuen Ordnung zwischen uns. Oder Zeichen einer neuen Unordnung. Und vielleicht überlegt sie, wohin das noch führen wird. Vielleicht sucht sie nach einem Ausweg, während ihr jetzt wieder das Computersurren zu Bewusstsein kommt. Sie ist wahrscheinlich in einem glücklichen Einverständnis mit ihrem Bürosessel, mit dem sie keine Konversation führen muss, wenn sie in sich dieses Schweigen spürt. Über uns würde sie ihr Drehsessel nicht befragen und ihr trotzdem in den Nacken greifen. Ich verfolge die kräftigen, ausholenden Kraulbewegungen der Schwimmer, die mir auf angenehme Weise entmenschlicht erscheinen. Andererseits verwandelt sich das Schwimmbecken vor meinen Augen in ein natürliches Gewässer. Wenn ich die Schwimmer hinter dem Guckloch vorüberziehen sehe, erscheint es mir abwegig, das Bad als ein stehendes künstliches Gewässer zu betrachten, so wie den alten Griechen die Idee eines stehenden Gewässers abartig vorkam, denn sie erklärten sich die Welt von einem einzigen unterirdischen Fluss umgeben, die Meere ein großer Fluss, durch unterirdische Flüsse verbunden. Genauso gut könnte man das Schwimmbad, über seine Zu- und Abflüsse mit anderen Gewässern verbunden, als Fluss interpretieren. Ich verspüre den Wunsch nach einem Ortswechsel. Da erklingt aus den Lautsprechern die Stimme eines schmierigen Moderators. Er spricht mit einem Anrufer, der über die Freisprechanlage eines fahrenden Autos telefoniert. In der Leitung rauscht es, und seine Stimme bricht immer wieder ab. Ein gewisser Kevin wünscht sich einen Song. Ein dunkler Gitarrenakkord erklingt hinter der Stimme eines traurigen jungen Mannes. *There is hate in my heart/ this is how my day starts/ this is how I start another day in my kingdom/ and where is my queen/ she's as gone as can be/ she was a fine looking lady/ and she liked to go down on me/ and I liked to go down on her too.* Ich betrachte die geröteten und verschwitzten Gesichter der Badegäste. Sie lachen und bleiben, eingehüllt in ihre stinkenden Saunatücher, von der depressiven und weinerlichen Stimme des Sängers unbeeindruckt. Einer der Badegäste erinnert mich mit seinen zurückgeklatschten Haaren an Kollegen Kabele, den ich in der Kantine unserer Firma kennen gelernt hatte. Kabele trug immer dieselbe Krawatte und denselben Anzug, der ein wenig muffig und nach Naphtalinkugeln roch. Ich habe ihn nie mit einem anderen Anzug angetroffen. Seine Schultern waren mit Schuppen übersät. Er machte sich nicht die Mühe, schick auszusehen. Seine Krankenkassabrille kam langsam in Mode. Zuerst ärgerte ich mich, dass er sich zu mir gesetzt hatte. Ich ziehe diese Typen immer an. Solche wie er setzen sich immer zu mir, sie würden sich nie an den Tisch von jemandem wie Vivien oder der Kain setzen. Anfangs schreckte ich vor seiner Erscheinung zurück und wollte nicht mit ihm gesehen werden, aber mit der Zeit erfuhr ich interessante Firmen-Details von ihm. Kabele sprach leise und schüchtern, flüsterte beinahe. Ich verdanke ihm die wichtige Einsicht, dass in unserer Firma die Inszenierung von Arbeit und das Vortäuschen von Geschäftigkeit das höchste Ziel der Arbeit sind. Die Produktion hat nur das Ziel, Aktivität vorzutäuschen, flüsterte mir Kabele in der Kantine zu, und Zeit sowie Ressourcen zu vergeuden. Ich erinnere mich an seine stoische, ungerührte Miene hinter seinen dicken Hornbrillen. Aus den Lautsprechern erklingt ein letzter Gitarren-akkord, und ich werfe einen abschließenden Blick durch das Bullauge auf die gelblich-weiß schimmernden Gliedmaßen der Schwimmer inmitten dieses alles verschlingenden Blaus des Wassers. Durch die Ansicht von unten und aus der Tiefe wirken die Schwimmer wie schuppenlose Fische einer unbekannten Spezies, die sich an dieses künstliche Habitat angepasst haben und vergeblich nach Nahrung suchen, apathisch von einem Beckenrand zum anderen schwimmend. Ich dämpfe meine Zigarette im Aschenbecher aus, nehme einen letzten Schluck Bier und stehe auf. *And here-ee look and see/ all there is is me/ this is how I start another day in my kingdom/ this is how I start another day in my kingdom.* Beim Hinausgehen höre ich die übertrieben einfühlsame Stimme des Moderators. Das war ein Wunsch für Kevin.

Ich lasse die gerippte Glastür der Kantine hinter mir zufallen und steige die Stufen in mein nasses Königreich hinauf. Oben im Beckenbereich schlägt mir wieder die chlorhaltige warme Luft entgegen. Das große Sportbecken liegt da wie ein Tier, das friedlich ein- und aus-atmend vor sich hinschläft. Während ich das glitzernde Becken betrachte, überschlage ich meine finanzielle Situation. Jetzt bereue ich, dass ich 1997 meine Ersparnisse in die Firmenaktien gesteckt habe, die sie mir zum Mitarbeiterbonus angedreht hatten. Ziehen Sie Ihre Stock-Options, solange es nicht zu spät ist!, hatte mich die Kain in meinem ersten Jahr beschworen. Nach dem Zusammenbruch der Börsenkurse im Jahr 2000 war nicht viel übrig geblieben. Ein halbes Jahr, vielleicht ein Jahr halte ich durch, wenn ich sparsam bin. Mir gefällt die Vorstellung, mich in den nächsten Monaten in kleines, unsichtbares Plankton zu verwandeln. Wie viel poetische Leuchtkraft sich in der Übersetzung des griechischen Wortes *Plagktos* verbirgt: Umherschweifend. Ich werde mein Büro in das Hallenbad verlegen und auf das Mädchen mit dem Zebra-Bikini warten. Für Vivien spielt es keine Rolle, ob ich am Abend von der Firma oder vom Hallenbad komme. Ich betrachte die Galerie auf der anderen Seite des Beckens und wähle aus der Ferne einen Platz, wo ich mich niederlassen werde. Ich quere das Becken an der Stirnseite, die von einem Metallgestänge mit weiteren Sitzplätzen abgeschlossen wird. Von dem Metallgestänge der Tribüne hängt eine Uhr mit vier verschiedenfarbigen Zeigern herab: rot, blau, grün, gelb. Ich kann mir den Sinn der vier bunten Zeiger, die, im Abstand von 15 Sekunden versetzt, das Ziffernblatt durchmessen, nicht erklären. Ich gehe unter der Uhr vorbei, steige die Sitzbänke der Steingalerie hoch und setze mich auf eine der warmen Stufen, nachdem ich mein Handtuch über die beigen Kacheln gebreitet habe, damit die Feuchtigkeit rasch austrocknet. Ich lehne mich nach hinten an den warmen Stein und halte nach der Frau mit dem Zebra-Bikini Ausschau. Sie ist nicht in der Halle. Die Wärme des Hallenbades bietet dem nackten Körper eine ideale Biosphäre, die mir der menschlichen Spezies angemessener erscheint als die raue Luft draußen. Ich bin jetzt dankbar, dass mich die Halle vor der kühlen und unwirtlichen Herbstluft abschirmt. Die Steinstufen der Galerie an der Westseite des Beckens sind einem griechischen Amphitheater nachempfunden, und doch strebt die Aufmerksamkeit des Badegastes weniger nach außen, um einem Schauspiel beizuwohnen, als nach innen. Letzte Nacht hatte ich schon wieder meinen Traum, in dem ich mich auf der Bühne des Burgtheaters befand. Ich sollte die Hauptrolle in einem Drama übernehmen, aber ich kannte den Text nicht. Vor den Augen des Publikums stammelte ich alleine auf der Bühne, die Zuschauer begannen zu zischen und pfiffen bereits, aber ich hatte nicht den geringsten Schimmer, welche Rolle ich geben sollte. Ich hatte eigentlich nie eine Neigung zur Schauspielerei, außer in meiner Schulzeit, wenn ich gegenüber der Mutter in Familie 1 Krankheiten simulierte. Am Beckenrand geht jetzt eine Schar von Pensionistinnen vorbei, die bunte Schaumstoffstangen wie Siegestrophäen in die Luft strecken. In der Ecke unter der Anzeigentafel, im Nichtschwimmerbereich an der Nordseite, gleiten die Wassergymnastikerinnen zu ihrer Vorturnerin ins hüfthohe Wasser. Sie hält eine rosa Schaumstoffwurst quer über ihren Kopf. Die Gymnastikerinnen bilden um sie herum einen Kreis im Wasser und wippen ihre bunten Schaumstoffrollen im Takt zur Musik in die Höhe. Sie wischen mit den Händen an ihren Körpern vorbei über die Wasseroberfläche, als wollten sie das Wasser wie Zement glatt streifen. Jetzt klemmen die Turnerinnen ihre Schaumstoffwürste zwischen die Beine und schwimmen aufrecht wie Seepferdchen davon. Zu ihren rhythmischen Bewegungen hallt eine scheppernde Tanzmusik aus einem alten roten Radiokassettenrekorder, der auf einem Holztischchen am Beckenrand steht. Ich lasse mich von der Show der Pensionistinnen wie von einer Ballettvorführung mitreißen. Einige Meter neben mir sitzt in einem blauen Badeanzug eine Frau, die Abteilungsleiterin Kain verblüffend ähnlich sieht. Die Frau ist ganz in sich versunken und streicht und zupft an ihren Oberarmen herum. Zwischen ihren Beinen liegt eine Zeitschrift. Ich bin mir nicht sicher, ob mich die Ähnlichkeit freut oder erschreckt. Einerseits erscheint mir die halbnackte Frau im Badeanzug als Parodie der immer tadellos aufgetakelten und mit Kostümen gestylten Kain. Andererseits bestätigt sie die noch immer vorhandene Allgegenwärtigkeit der Kain in meinem Bewusstsein. Bei unserem Vorstellungsgespräch fragte sie mich, warum ich Philosophie studiert habe und was ich mit dieser Ausbildung in das Unternehmen einbringen könne. Intelligenz, sagte ich. Die Kain kniff ihre Augen zusammen: Verstehen Sie mich nicht falsch, aber die meisten Philosophen sind Träumer. Ich überlegte nicht lange und sagte: Ich verwirkliche Träume! Sie starrte mich ratlos an, dann lächelte sie und sagte: Gut. Sehr gut! Abteilungsleiterin Kain brachte Wording-Know-How aus den USA mit. In unserer Abteilung hatte sie die Spitznamen »Die mit dem Wort tanzt« oder »Letter-Woman«. Letter-Woman Kain verbreitete in den Seminaren immer den Slogan: Arbeitet weniger, aber arbeitet besser. Sie war immer frisch, jugendlich, zu Scherzen aufgelegt, beim Zuhören machte sie gerne ein Tiergesicht, beim Sprechen war sie verführerisch und übereifrig auf Motivation bedacht. Sie vermittelte immer die Illusion, in ihrer Position könne man schöpferisch wirken, musste ihre Stellung für potentielle Nachfolger doch so erstrebenswert erscheinen, dass sie hochmotiviert darauf hinarbeiteten. Sie hielt sich für eine Künstlerin, wenn nicht sogar eine Intellektuelle. Am Freitag trug sie gerne schwarze Rollkragenpullover, einmal sagte sie nach Feierabend: Am Freitag gehe ich manchmal aus mir heraus und zeige mein wahres Gesicht. Am Freitag kleideten sich die Angestellten überhaupt anders, manchmal wie bunte Kanarienvögel, mit bunten Seidenschals oder Van-Gogh-Schals, auch Kapitänsmützen sah man manchmal, sie verkleideten sich wie im Fasching. »Die mit dem Wort tanzt« sprach immer von flachen Hierarchien. Religionen, Regierungen oder Gewerkschaften waren für sie gleichbedeutend mit NGOs. Ihre vorrangige Aufgabe bestand darin, Pläne, Zahlen, Organisationen, Projekte in Messages und Informationswordings zu übersetzen, gereinigt von jeglichen subjektiven Angriffsflächen. Eines ihrer Mottos lautete: Vom Schweren zum Leichten – vom Eisen zum Papier –, das ist die Erfolgs-geschichte der Moderne. Sie liebte Digests, mit deren Hilfe man den Wordings einen Anflug von Allgemeinbildung verleihen konnte, empfahl, Zitate in Präsentationen oder Messages einzuweben, ihre Lieblingswebsite war www.zitate.de, ein »Sein oder Nicht-Sein – das ist hier die Frage«, ein »Ein Königreich für ein Pferd« oder »Nun sag, wie hast du's mit der Religion?« richtig platziert und für den konkreten Fall adaptiert: »AUSTROCOM oder nicht AUSTROCOM, das ist hier die Frage«, »Ein Königreich für ein professionelles Wording« oder »Nun sag, wie hast du's mit der Message?« versetzte die Seminarteilnehmer in einen Begeisterungstaumel. Als wir nach Feierabend einmal auf ein Bier gingen, offenbarte sie mir das Geheimnis des Wording-Geschäfts. Unser Ziel ist: Kein Memo, keine Anmerkung, keine Message darf ihren Urheber verraten, keine Emotionen, kein Flirt, keine Ironie – das analysieren wir. Die kleinen persönlichen erotischen Scherze sind der Anfang vom Ende jeder Kommunikation. Witze und Scherze am besten über das Unternehmen selbst, nicht über seine Protagonisten. Das erzeugt Identität und Identifikation. Außerdem erkennen Sie daran die Querulanten. In den kommunistischen Diktaturen kursierten reihenweise Witze über Stalin oder Ceauşescu. Das ist ein Ventil und erzeugt Solidarität, ohne an der Ordnung zu rütteln. Gleichzeitig erkennen Sie subversive Kräfte daran, wer am lautesten mitlacht oder gegen das Unternehmen opponiert, und können verdächtige Personen auf den Index setzen. Meine Aufgabe bestand in der Organisation von Wording-Seminaren. Obwohl die Kain perfekt war in Sachen Wording-Management, musste ich ihre Papers immer auf Rechtschreibfehler korrigieren. Sie war als Kind Legasthenikerin gewesen und setzte die Kommata und Punkte immer an völlig willkürlichen Stellen. Dabei führte sie sich mir gegenüber immer als lebendiges Beispiel dafür an, wie weit man es bringe, wenn man sich Ziele stecke, die die eigenen Fähigkeiten um ein gesundes Maß überstiegen, wie sie immer wieder von den Seminarteilnehmerinnen forderte. Unseren ersten Konflikt hatten wir bei einem der Seminare, nachdem mich eine der Teilnehmerinnen zu schnell gefragt hatte, wie denn ich in der Praxis Motivation, Entscheidungsstärke oder Teamgeist in meinen eigenen Messages vermittle. Ich vergaß für einen kurzen Moment, mein Selbstgespräch vorab zu analysieren, und sagte: Ich bin hier nur, um meine Brötchen zu verdienen. Ich blickte in die Runde der Teilnehmerinnen, die mich sprachlos anstarrten. Betretenes Schweigen. Glücklicherweise half mir Letter-Woman aus der Affäre, denn sie fing einfach an zu lachen. Die anderen folgten ihr zögernd. Als die allgemeine Heiterkeit verklang, sagte die Kain: Sehen Sie, wer lacht, lernt leichter. Wir verstummten sofort, und sie erklärte den Teilnehmerinnen unsere Motivationsstrategie beim Wording. Hinterher drohte sie mir in einem Vier-Augen-Gespräch mit Kündigung, wenn so etwas noch einmal vorkomme. Ihre Arbeit ist interessant, eröffnet Zukunftsperspektiven und lässt Ihrer Kreativität genügend Spielraum, deswegen sind Sie motiviert und arbeiten bei AUSTROCOM, nicht um Ihre Brötchen zu verdienen, haben Sie verstanden? Die Frau im blauen Badeanzug nestelt jetzt an ihren aufgesteckten Haaren herum, und ich schaue auf ihre stark behaarten Achseln. Mir gefällt diese wuchernde Behaarung, die mir wie eine Karikatur auf das glatte und gepanzerte Körperstyling der Kain vorkommt. Vom Becken her sind jetzt zwei unterschiedliche, miteinander konkurrierende Geräusche zu hören. Das Geräusch der in das Wasser greifenden Arme der Schwimmer vermischt sich mit den dumpfen, bassartigen Klängen der wedelnden Beine der Krauler. Bei den professionellen Schwimmern erklingt das Eintauchgeräusch leiser, flacher, wie eine Zunge, die über ein Eis schleckt: ein anhebendes Geräusch, das abbricht und wiederkehrt. Wenn ich mein Leben mit dem von Odysseus oder Columbus vergleichen sollte, dann wäre ich ein wahrhaft lächerlicher Held. Über mich schreibt kein Sänger ein Epos, keine Großerzählung ist diesem Leben abzutrotzen, keine Epopöe. Heldentaten habe ich keine vorzuweisen, kein Schwert besitze ich und auch sonst keine Waffe, die Schauplätze der Kämpfe sind längst verlassen, kein Schiff außer meiner Phantasie könnte ich besteigen, höchstens einen Schiffbruch in seichtem Gewässer hätte ich vorzuweisen. Und kehrte ich zurück an den Herd, ich Seeräuber, Schiffbrüchiger, Polarforscher, zurück von den fernsten Expeditionen, Robinson Crusoe, seiner Insel entkommen, ich würde doch nur allein und ohne Gefährten meine Tasche durch den Zoll schleifen, vergebens im Halbrund der Wartenden hinter den Aluminiumrohren Ausschau halten, ohne Zuspruch und Fragen nach den Abenteuern meine Tasche voller Sand das Stiegenhaus nach oben schleppen, um zuhause den Computer hochzufahren und Werbemails oder Pornobilder aus meinem elektronischen Briefkasten abzurufen. BADEMEISTER GESUCHT BADEMEISTER GESUCHT BADEMEISTER GESUCHT BADEMEISTER GESUCHT

Die roten, elektronischen Lettern der Anzeigentafel blinken nervös wie Alarmlichter und erinnern mich daran, dass ich arbeitslos bin, obwohl ich meinem Posten nicht nachtrauere. Unsere Abteilung der AUSTROCOM hieß ICA (Internal Communication Advice), wo ich zuletzt als Junior-Consultant einen Zeitvertrag hatte. Sie hatten mich nicht einmal unbefristet angestellt. Obwohl ich über fünf Jahre in der Firma arbeitete, bekomme ich keine Abfindung über die volle Zeit, weil sie mir nur Zeitverträge mit Ablaufdatum angeboten hatten. Ich organisierte so genannte Büroservicecenter-Office-Management-Seminare zur Verbesserung der Ablage-Organisation, Erstellung von Checklisten etc. Ich hielt als Organizer jedes Seminars immer denselben Einleitungsvortrag mit dem Schlusssatz: »Antworten und Lösungen Ihrer Fragen und Probleme liegen in Ihnen selbst. Setzen Sie sich Ziele, die Ihre Fähigkeiten um ein gesundes Maß übersteigen – nur das bringt Sie weiter.« Manche Seminare nannte ich »Schule des Sprechens« oder »Wer lacht, lernt leichter«. Meistens gab ich vor, wahre Koryphäen auf dem Gebiet der Kommunikationsberatung, des Wordings etc. für unsere Seminare gewonnen zu haben; und erntete meist großes Lob von Chefin Kain, dass ich solche Experten überhaupt so kurzfristig (und kostengünstig) bekommen hatte, Experten, die sie uneingeschränkt bewunderte. Ich achtete immer darauf, dass es Spezialisten waren, die auf ihrem Spezialgebiet um einen Tick besser waren als die Kain. Manchmal erfand ich auch Experten und deren fiktive Biographien. Wenn die Koryphäen dann kurzfristig absagten, waren alle irgendwie erleichtert, dass das Seminar nicht zustande gekommen war. Chefin Kain, weil ihr eine vielleicht peinliche Lehrstunde erspart geblieben war, die Teilnehmer, weil sie auf solche Seminare überhaupt keine Lust hatten. Ich schrieb dann per E-Mail delay-excuses und verbrachte die nächsten Wochen mit der Re-Organisation eines ähnlichen, nur fiktiv stattfindenden Wording-Seminars. Bis man sich auf einen neuen Termin einigen konnte, vergingen wertvolle Wochen und Monate. »Die mit dem Wort tanzt« war mit meiner Letter-Performance meistens zufrieden, Hauptsache, die Botschaft kam an. Mein Anfängerglück entfachte meinen Anfängerehrgeiz, mich weiterzuentwickeln. Vielleicht kam das Anfängerglück auch nicht zufällig, sondern gesteuert. Mein Gesinnungswandel begann mit einer Entdeckung: Ich kam eines Tages von der Mittagspause und drückte aus Versehen einen falschen Knopf beim Fahrstuhl und fuhr in Floor 12 anstatt 7. Ich stieg aus und ging auf eine Tür zu, hinter der ich mein Büro wusste, kurz davor realisierte ich, dass ich im falschen Stockwerk gelandet war, da sah ich das Schild neben der Tür: Interne Kommunikationsberatung, Wording, und der Name des Abteilungsleiters. Ich überzeugte mich, ob ich nicht doch im richtigen Stockwerk war, dann horchte ich an der Tür und bekam einige Wortfetzen mit: die Stimme eines Mannes hinter der Tür, die sich an einen Assistenten richtete. Es ging um ein Wording-Seminar, mir erschien jedes Wort bekannt, als hörte ich ein Gespräch unserer eigenen Abteilung mit, sogar die Namen der teilnehmenden Mitarbeiter erschienen mir bekannt. Ich überlegte, einzutreten und die Kollegen zu begrüßen und zu einem Erfahrungsaustausch einzuladen, als ich mich eines Besseren besann. Instinktiv wollte ich diesen Schritt erst überdenken. In einer Pause befragte ich Chefin Kain über diese mir unbekannte Abteilung und regte einen Erfahrungsaustausch oder ein Brainstorming an. Chefin Kain reagierte merkwürdig: Bleiben Sie auf dem Teppich, Herr Kollege. Ich erwiderte, dass ich aus dem belauschten Gespräch den Eindruck gewonnen habe, die Kollegen würden etwas ganz Ähnliches machen wie wir. Ich sagte übereifrig: Da wäre doch Potential für Synergien. Die Kain schaute mich bissig an und drohte mit dem Finger: Ich glaube, Sie haben mich nicht verstanden!, und ließ mich stehen. Ich verstand den Zusammenhang erst einige Wochen später nach einem Gespräch mit Kollegen Kabele. Beinahe im Flüsterton sagte er: Ich habe Sie vor ein paar Wochen gesehen, in Stock 12. Ich fragte: Wie das? Sie haben einen Fehler gemacht, als Sie an der Tür horchten. Was für einen Fehler?, fragte ich. Sie hatten keinen Zettel in der Hand. Gehen Sie nie ohne Zettel oder Mappen über den Flur. Und Sie? Was haben Sie gemacht? Sie haben mich nicht bemerkt. Ich gehe oft spazieren im Flur, aber nie ohne einen Gegenstand in der Hand. Wenn Sie nichts in der Hand haben, wirken Sie wie ein Visitor, der nicht zum Haus gehört. Wer nichts in der Hand hält, arbeitet nicht, deswegen haben die Politiker bei Fernseh-Diskussionen immer ein Blatt Papier oder einen Stift in der Hand. Ich arbeite in einer ganz ähnlichen Abteilung wie Sie, im 12. Stock. Unsere Tätigkeiten überschneiden sich völlig! Ich erkannte, dass nicht nur Personen und Abteilungen, sondern ganze Einheiten dasselbe machten. Wofür soll das gut sein?, fragte ich. Kabele lächelte mich durch seine dicken Hornbrillen an: Das ist Ausstattung, Dekor, wie ein gut bestücktes Buffet. Nutzloser Überfluss. Völlig unökonomisch. Ich sagte: Und was ist mit der Effizienz? Kabele lächelte mich an: Was machen Sie zu Neujahr, wenn Sie zu Silvester zu viel getrunken und gegessen haben? Vorsätze? Diät, Abstinenz? Vielleicht! Und, halten Sie Ihre Vorsätze durch? Je länger ich an der Sinnhaftigkeit dieser Arbeit zweifelte, desto gelassener entfaltete ich meine Passivität. Ich gab mich meiner Überflüssigkeit mit aller Sorgfalt hin, sortierte, ordnete und produzierte Papier. Ich entdeckte eine nie vermutete Freiheit hinter den Papierbergen, denn niemand wusste genau, woran ich eigentlich arbeitete. Ich gewöhnte mir an, nie ohne ein Dokument in der Hand über den Flur zu gehen. BADEMEISTER GESUCHT BADEMEISTER GESUCHT BADEMEISTER GESUCHT BADEMEISTER GESUCHT Ich frage mich, ob die Anzeigentafel wie eine elektronische Schreibmaschine funktioniert, und in welchem Raum die Apparatur für die Eingabe steht. Wer mag der Autor des Textes sein? `BADEMEISTER GESUCHT BADEMEISTER GESUCHT BADEMEISTER GESUCHT BADEMEISTER GESUCHT` Warum wird der Anzeigentext erst jetzt, so spät vor Badeschluss durchgeschaltet, wo sich in der Halle sicher weniger potentielle Bewerber aufhalten als am Nachmittag während des Hochbetriebs? Vielleicht sollen dadurch die wahren Liebhaber des Hallenbades angesprochen werden? Für mich kommt die Stelle nicht in Frage. Der professionelle Blick des Bademeisters würde mir mein Vergnügen als Zuschauer sofort verleiden. Obwohl mir die Vorstellung gefällt, für das bloße Schauen bezahlt zu werden, lebt mein Blick von seiner Nutzlosigkeit. Das bloße Schauen wird nirgends gebilligt, schon gar nicht das von Kindern. Meine Schauerei war der Mutter von Familie 1 und dem Vater von Familie 2 schon früh ein Dorn im Auge. Das führt doch zu nichts, sagte der Vater, wozu soll das gut sein, sagte die Mutter, wenn ich am Ufer saß, aufs Wasser starrte und nichts tat. Manchmal fuhren wir an Sonntagen mit der Mutter von Familie 1 und den Kindern des Vaters von Familie 3 zum See. Ich sonderte mich sofort ab, sobald wir das Ufer erreicht hatten. Ich wollte nichts mit den Kindern der Familie 3 zu schaffen haben, setzte mich so nah wie möglich ans Wasser und schaute meiner Zehe dabei zu, wie sie mit den Steinen oder dem Schlamm spielte. Wenn die Kinder der Familie 3 ein Boot mieten wollten, winkte ich ab und meinte, ich bliebe lieber am Wasser sitzen. Die Mutter reagierte auf meine Tendenz zur Absonderung mit Aggression. Sie beklagte sich einmal gegenüber unserem Hausarzt, als gäbe es eine Tablette dagegen: Er sondert sich immer ab und setzt sich weg von uns. Da, wo wir nicht sind, sitzt er und starrt ins Wasser. Wenn man ihn fragt, woran er denkt, antwortet er: An nichts. Der Hausarzt verschrieb eine Diät. Die Gymnastikerinnen machen mit ihren Schaumstoffstangen und der Vorturnerin an der Spitze jetzt den Tauchern Platz, die in ihren schwarzen Neopren-Anzügen, mit Sauerstoffflaschen und Taucherbrillen wie Imperatoren in die Halle einziehen. Ich frage mich, ob nur einer von ihnen bedenkt, wie einfach sie es sich mit ihren technischen Hilfsmitteln machen. Mir fällt die Taucherin Angela Bandini ein. Sie hat die größte Tiefe beim Tauchen mit angehaltenem Atem ohne künstlichen Sauerstoff erreicht: 107 Meter. Sie tauchte in 2 Minuten und 46 Sekunden 107 Meter in die Tiefe und wieder nach oben, was keinem Mann vor und nach ihr je gelang. Mir sind nicht viele Sport-Disziplinen bekannt, in der eine Frau die Männer derart in den Schatten stellte. Ich stehe von meinem warmen Steinsitz auf und durchmesse die Halle zur gegenüberliegenden Seite des Beckens, wo die Taucher jetzt an ihren Geräten hantieren. Als ich an die Gruppe herantrete, lässt sich einer der Taucher rücklings ins Wasser fallen, ein anderer schöpft mit seiner Taucherbrille Wasser, damit das Brillenglas nicht anläuft. Ich spreche ihn an, nachdem er sich wieder aufgerichtet und seine Brille aufgesetzt hat: Kennen Sie Angela Bandini? Der Taucher hantiert an seinem Sauerstoffgerät, ohne mir zu antworten. Angela Bandini, die Taucherin, kennen Sie die? Er sagt: Nein, aber wir gehen jetzt hinunter. Ich schreie ihn an: Sie ist in 2 Minuten 46 Sekunden 107 Meter tief getaucht! Ohne Sauerstoffflasche. Der Taucher rückt seine Brille noch einmal zurecht und lässt sich nach hinten ins Wasser fallen. Warum versuchen Sie das nicht einmal? Er hört mich nicht mehr, und ich ärgere mich darüber, dass er überhaupt keine Veranlassung sah, sich zu entschuldigen. Ich erkläre mir seine Ignoranz mit einem idiotischen Machtrausch, den ihm die geborgte technische Ausrüstung kurzzeitig verschafft. Ich gehe zurück an meinen Platz und lege mich auf mein warmes, trockenes Handtuch. Heute fühle ich das über den Beckenrand schwappende Wasser wie eine wichtige Lebensflüssigkeit, die dem Becken entzogen wird. Hinten im Kinderbecken steht eine Schwimmerin in einem blutroten Badeanzug im hüfthohen Wasser. Sie streckt ihr rechtes Bein nach hinten und zieht es nach vorne durch. Diese Übung macht sie einige Male, dann steigt sie umständlich aus dem Becken. Ein Bursche reicht ihr ein Rollgestell, das sie hinkend vor sich herschiebt. BADEMEISTER GESUCHT BADEMEISTER GESUCHT BADEMEISTER GESUCHT BADEMEISTER GESUCHT Ich frage mich, wie Vivien reagieren würde, wenn ich ihr erzählte, dass ich zum Bademeister befördert wurde. Würde sie auch hinunter zum Italiener an der Ecke laufen und eine Flasche Prosecco kaufen wie nach meiner ersten Beförderung zum Junior letztes Jahr? Sie glaubte, ich wäre in der Firma etabliert und hätte endlich die erste Sprosse meiner langen Karriereleiter erklommen. Es blieb meine einzige Beförderung. Je weiter oben man ist, umso weniger muss man arbeiten. Ich wollte aber nicht zu hoch hinauf, da mit dem Aufstieg auch die Repräsentationsaufgaben steigen, und das ist nicht meine Sache. Als Junior-Consultant konnte ich Abteilungsleiterin Kain überzeugen, dass ich zwei Praktikanten brauchte. Die Praktikanten waren Zeitarbeitskräfte, wir nannten sie intern »Einweg-Flaschen«, denn sie hatten die größte Drop-Out-Quote unter den Mitarbeitern. Obwohl sie mich mehr behinderten als unterstützten, waren sie mir sehr hilfreich, denn ich konnte Probleme oder Missgeschicke immer auf sie abwälzen. In einigen Minuten ist Badeschluss. Ich steige die steinernen Stufen der Galerie hinunter zum Becken und springe vom Rand ins Wasser, obwohl das verboten ist. Aber ich möchte ja nicht Bademeister werden. Im Sprung blitzt der Wunsch in mir auf, mir ein poetisches Vergnügen zu verschaffen und heute als Letzter aus dem Wasser zu steigen. Ich verspüre Lust, auf den Grund des Beckens zu tauchen, aber nicht als Taucher in voller

Montur, sondern wie ein Perlentaucher. Ich tauche vom Beckenrand ab, hinunter in das tiefere Habitat, mit dem Vorsatz, irgendetwas, und sei es nur eine unbedeutende Kleinigkeit, vom Grund nach oben zu holen. Hinter den im Becken eingelassenen Bullaugen erkenne ich schemenhaft die Köpfe der Kantinengäste. Wenn einer der Insassen der Kantine jetzt auf die Idee käme, mit einem Vorschlaghammer das Guckloch einzuschlagen, würde ich vielleicht durch den Sog des Gucklochs in die Kantine gespült werden. Mit der Tiefe spüre ich den zunehmenden Druck in den Ohren, mache den Druckausgleich und erreiche den aluminiumverkleideten Beckenboden. Über der Fuge zwischen Beckenboden und Beckenwand treibt ein gelbes Blatt. Ich ergreife es und tauche wieder nach oben. Beim Auftauchen fällt mein Blick in die Ecke des tiefsten Habitats, wo eine Gruppe von Tauchern im Kreis am Boden steht. Einige Armzüge vor der Wasseroberfläche habe ich plötzlich das Bild von Vivien vor Augen, das sie mit zwei Firmen-Kollegen auf einer überdimensionierten Zahnpastatube zeigt. Die Zahnpastatube so groß wie ein Delfin. Das Foto steht gerahmt auf meinem Schreibtisch. Als ich endlich an der Wasseroberfläche ankomme und nach Luft schnappe, bemerke ich, dass ich das gelbe Blatt verloren habe. Ich werde nie erfahren, ob es Teil eines natürlichen Blattes, Bote des einkehrenden Herbstes, oder ein Plastikblättchen, vielleicht Teil einer Schwimmflosse gewesen ist. Ich schwimme auf die Aluminiumleiter zu, nachdem der Lautsprecher den Betriebsschluss ausgerufen hat. Auf der Leiter stehend, sehe ich die Schwimmerin mit dem blutroten Badeanzug, die in der Mitte des Beckens auf Bahn 7 schwimmt. Sie schwimmt ohne jegliche Behinderung, ihr körperliches Handicap wie vom Wasser geheilt. Wenn ich als Letzter aus dem Wasser steigen will, müsste ich mich zurück ins Wasser fallen lassen und eine neue Länge beginnen. Doch ich lasse der behinderten Schwimmerin den Vortritt. Ich steige aus dem Wasser, klettere die Stufen hoch zur Galerie und trockne mich mit meinem warmen Handtuch ab, während ich ihre letzten Schwimmzüge verfolge. Sie schlägt an der Stirnwand unter den Startblöcken an, wendet ein letztes Mal und schwimmt zur Badeleiter. Sie steigt die Stufen vorsichtig hoch und achtet auf ihr lädiertes Bein. Dann geht sie mit ihrem Rollgestell langsam davon. Die Wasseroberfläche beruhigt sich schnell und wird glatt wie eine Haut, silbern und bläulich schillernd unter den weißen Neonscheinwerfern. Für einen Augenblick möchte ich doch noch einmal ins Wasser springen, um das Bild der spiegelglatten Fläche zu zerstören. Ich widerstehe und verlasse den Beckenbereich. Im warmen Entree verspüre ich den Wunsch umzukehren.

Zuhause auf dem Sofa liegend denke ich an die Frau mit dem blutroten Badeanzug und frage mich, was sie empfunden hat, nachdem sie als Letzte aus dem Wasser gestiegen ist. Etwas Romantisches, Erhabenes oder etwas wie Macht? Vielleicht hat sie nichts empfunden und dieses Erlebnis überhaupt nicht bewusst wahrgenommen. Sie kann nicht wissen, dass ich ihr durch meinen Verzicht diesen poetischen Augenblick verschafft habe. Ich hätte heute Nacht gerne im Bad geschlafen. Bei Einbruch der Dunkelheit empfand ich die Halle wie eine große, schwerelose, über den ganzen Körper gebreitete Decke, wärmer noch als meine Bettdecke im Schlafzimmer. Ich hole mir aus dem Kühlschrank einen Doppelliter Sturm, schalte das Radio im Wohnzimmer ein und lasse alle Türen der Wohnung offen stehen. Vivien kommt heute Nacht nicht nach Hause, eine von vielen Geschäftsnächten außer Haus. Seit dem letzten Halbjahr kommt Vivien oft tage- und nächtelang nicht nach Hause oder arbeitet ganze Wochenenden im Büro durch. Oder sie nimmt sich für das Wochenende stapelweise Akten und Sitzungsprotokolle mit nach Hause, um sie am Laptop zu bearbeiten. Sie duldet keine Diskussionen über die Wochenendarbeit. In den letzten Monaten fragte sie öfter gereizt, ob ich am Wochenende nichts zu arbeiten habe. Ich beschloss mitzuspielen, stopfte am Freitag im Büro meine Aktentasche mit Altpapier voll und tat zuhause so, als ob auch ich am Wochenende arbeiten müsse. Darin hatte ich Übung, denn unter der Woche machte ich in der Firma nichts anderes, als Geschäftigkeit vorzutäuschen. Wenn ich dann Viviens Schritte im Korridor hörte, kramte ich geschäftig in fliegenden Zetteln oder klickte in Word-Dokumenten herum. Aber unter dem Tisch lagen auf den Knien meine Bücher über Haie, Quastenflosser, Zahnwale und Ausstechkrebse, die ich noch aus der Schulzeit habe. Die Mutter von Familie 1 war in den 80er Jahren Grünwählerin und hatte mir als Kind viele Bücher über Ozeanologie oder Meereskunde zum Geburtstag geschenkt. Sie sah mich wohl schon als engagierten Meeresbiologen. Der Vater der Familie 2 stellte sich eher einen technischen Beruf vor und schenkte mir Dampfmaschinen oder technische Baukästen. Ein Petrograph wäre ihm lieber gewesen als ein zotteliger Biologe. Das Studium der Philosophie war für alle eine Katastrophe. Heidegger war für sie ein Schirennläufer aus vergangenen Zeiten. Nach der Sponsion war ich ein ganzes Jahr arbeitslos und belegte schließlich zur Erleichterung aller einen WIFI-Kurs über Kommunikationsberatung und Wording. Im Gegensatz zu Vivien war ich nie stolz auf meinen Studienabschluss. Die Diplome sind in diesen Konzernen überhaupt nichts wert, im Gegenteil, sie sind nur ein Beleg für das erworbene Sitzfleisch, dass man die Dummheit der Professoren und Kommilitoninnen zu ertragen gelernt hat und die Herdenmentalität eines Konzerns jederzeit adaptieren kann. Als Leküre zum Einschlafen sind mir meine Meeresbiologie-Bücher heute lieber als Heidegger. Mit den Büchergeschenken war es nach einem lauten Streit über den Plastilin-Krill vorbei. Ich hatte gerade meine Walphase und verstreute überall in der Wohnung aus Plastilin geformte Krillkrebse. Die Mutter, der Bruder oder Besucher stiegen dann oft auf die modellierten Plastilin-Krebse, die sie mit ihren Schuhsohlen im Teppich verrieben oder deren Fragmente sie in der Wohnung verteilten. Die Mutter verbot mir schließlich, die Krillkrebse in der Wohnung auszustreuen. Wenn ich angerannt kam und rief: Ich bin der Wal!, winkte sie schnell ab: Dafür hast du dein Zimmer, bleib in deinem Zimmer. Ich entgegnete: Das ist kein Meer, nur ein Aquarium! Ich staune auch heute noch über die Wale, aber so eine innige Beziehung wie in meiner Krillphase haben wir nicht mehr. In den späten 80er Jahren buchte die Mutter öfter Urlaube mit Whale Watchern und zeigte uns hinterher stolz Fotos von den gesichteten Walen. Nachdem ein Kind bei einem Unfall gestorben war, gab sie das Whale Watching auf. Das Boot war einem auftauchenden Wal zu nahe gekommen. Er hatte das Holzboot mit seiner Schwanzflosse hochgehoben und es krachend in die Tiefe fallen lassen, im Spiel oder nicht. Die Wale werden durch die überhand nehmenden Whale Watchers verunsichert und wissen nicht, ob die Zuschauer Spielgefährten oder Feinde sind. Bald nach dem Unfall wählte die Mutter auch nicht mehr grün. Aus existenzialistischer Sicht erscheint mir der Abyss heute erkenntnistauglicher als Heidegger. Das Abyssal ist der letzte Ort auf der Erde, den der Mensch noch kaum erforscht hat. Es ist der letzte Ort ohne Menschen. Man weiß beispielsweise, dass es den Riesenkalmar geben muss. Er soll über 20 Meter lang sein und sogar Pottwale angreifen. Aber noch kein Mensch hat einen Riesenkalmar mit eigenen Augen gesehen. Er taucht nur manchmal in Zeitungs-Karikaturen zur Illustration eines unbekannten Feindes oder Terroristen auf, der den Staat mit seinen Tentakeln erwürgt. Man nimmt an, dass das Auge eines Riesenkalmars so groß wie eine Pizza ist. Deswegen esse ich keine Pizza, weil ich dabei unweigerlich an den Riesenkalmar denken muss. Ich schenke mir ein letztes Glas Sturm ein, denn ich möchte morgen früh hinaus in die Schwimmhalle. Ich proste der Schwimmerin mit dem blutroten Badeanzug zu.

Ich erwache zu Mittag durch den aufheulenden Dreiklang des Telefons. Juhuhui. Juhuhä. Juhuhui. Juhuhä. Das gekochte Fischauge der Deckenlampe starrt auf mich herab. Ich würde gerne zu meinem Traum zurückkehren, aber das Telefon hat mich eingeholt wie das schlechte Gewissen nach der gestrigen Nacht. Juhuhui. Juhuhä. Ich streife die Decke von mir ab, winkle die Beine an und drehe mich auf dem Rücken hin und her wie ein müder Dance-Floor-Tänzer. Meine Arme und Beine rudern in der Luft als wäre ich eine Chelonia mydas mit einem Panzer auf dem Rücken. Kein Wunder, dass die Suppenschildkröten an Land verloren sind, wenn sie auf dem Rücken zu liegen kommen. Juhuhui. Juhuhä. *Flotter Dreier. Schalten Sie das Hitradio ein. Everybody comes to Hollywood.* Hinter dem elektronischen Dreiklang läuft das Radio im Wohnzimmer, das ich gestern Nacht nicht mehr abgedreht habe. *Denn ich stürz durch Raum und Zeit Richtung Unendlichkeit. Fliegen Motten in das Licht genau wie du und ich. Gib mir die Hand. Ich bau dir ein Schloss aus Sand.* Juhuhui. Juhuhä. Ich beobachte meine Arme und Beine, die in der Luft rudern, und stelle mir das Geräusch vor, wenn Viviens Rückenpanzer an meinen stoßen würde. Es müsste klingen wie Holzklötze, die aneinander schlagen. Ich richte mich auf. Juhuhui. Juhuhä. Juhuhui. Juhuhä. Meine Gedanken suchen nach Vivien, die jetzt wahrscheinlich in ihrem perlweißen Zahnpasta-Büro sitzt, mit meinem Portrait-Foto aus jüngeren Jahren auf dem Schreibtisch. Das Telefon ist jetzt still. So lose sind auch wir verbunden. Lose wie die Intervalle des Telefonklangs. Juhuhui. Juhuhä. Juhuhui. Juhuhä. Juhuhui. Auf der Anzeige des Radioweckers blinken unerbittlich vier Nullen. Wahrscheinlich habe ich den Stecker herausgezogen, als der Radiowecker am Morgen gesummt hat, und ihn pflichtbewusst wieder hineingesteckt, nachdem ich die Zeitordnung zerstört habe. Ich stemme mich aus dem Bett. Juhuhui. Juhuhä. Juhuhui. Juhuhä. Ich stehe auf wackligen Beinen. Juhuhui. Juhuhä. Ich schlüpfe in meine chinesischen Pantoffel und gehe vom Schlafzimmer in den Korridor, um endlich den Anrufbeantworter einzuschalten. Juhuhui. Juhuhä. Ich höre meine brüchige Stimme aus dem Korridor, die behauptet, Vivien und ich seien nicht zuhause. Wie unsinnig mir in diesem Moment die Ansage des Anrufbeantworters erscheint. Als wären wir nur gemeinsam denkbar, beide zuhause oder beide abwesend. Ich überlege, in welcher Stimmung ich behauptet habe, meine Wege seien untrennbar mit jenen von Vivien verbunden: Wir? Der Anrufbeantworter schaltet auf Aufnahme, und ich höre Chefin Kain, die um Rückruf bittet. Der tänzelnde Besetzt-Ton ruft in mir das Bild eines davonlaufenden Kindes wach. Ich schleiche ins Wohnzimmer und öffne die Fenster, um den Geruch dieser grausamen Nacht zu vertreiben. Ein Schwall frischer Luft begrüßt mich. Am Horizont schillert synthetisch ein wilder rötlicher Himmel, von grauen Wolkenzungen mit gelblichen Schlieren durchzogen. Ich lehne mich aus dem Fenster und blicke hinüber nach Westen über den Wiener Wald. Der Sommer steht vor seiner unmittelbaren Auflösung. Unten auf dem Gehsteig schlittert eine zerfetzte Kronen-Zeitung entlang, während in meinem Kopf ein Sturm voller Flausen und Ungereimtheiten tobt. Ich zünde mir eine Zigarette an, rauche sie halb zu Ende und schnippe sie nach unten. Während sie Funken sprühend hinuntertrudelt, finde ich Gefallen an der Vorstellung, sie könnte jemandem auf den Kopf fallen. Aber die Zigarette landet unter einem Auto, nachdem sie beim Aufprall auf dem Gehsteig eine letzte, kümmerliche Funkenspur hinterlassen hat. Juhuhui. Juhuhä. Juhuhui. Juhuhä. Der Anrufbeantworter schaltet sich mit seinem unerbittlichen, schrillen Piepsen ein. Vom Korridor erklingt die schnarrende Stimme von Viviens Vater. Er atmet schwer in den Hörer hinein. Vivien? Hans? Warum seid ihr nicht zuhause? Wie geht es dem Kind? Ich habe es aufgegeben, ihm zu erklären, dass wir kein Kind haben. Ich höre wieder das schrille Piepsen. Die unbestimmte Übergangszeit zwischen Sommer und Herbst entspricht meiner eigenen Unbestimmtheit. Die Nullen. Der Piepton. Das Radio. Der Wecker. Die blinkenden Nullen. Ich schalte das Radio im Wohnzimmer ab und übersiedle mit dem Müll meiner Wahrnehmung im Kopf in die Küche. Auf der Anrichte der Kredenz liegt noch immer die Nachricht von Vivien, die sie vor drei Tagen hinterlassen hat: »Heute Abend letzter Anlauf gegen das blaue Stück der Venus. Morgen in Zürich. Sehe dich Freitagabend zum Abendessen mit Kerzenlicht. Vivien. P.S. Erinnere dich an Einkauf am AB.« Ich betrachte die bauchigen Buchstaben ihrer runden, geraden Handschrift. Die mit blauem Kugelschreiber geschriebenen, gleichmäßigen Lettern verraten nichts von ihrem nervösen, hysterischen Alltag. Ich drehe den Zettel um und imitiere ihre Schrift, was mir nicht gelingt. Ich schreibe auf die Rückseite: »Rauchen im Wohnzimmer verboten. Bitte benützen Sie den Notausgang.« Ich frage mich, wann ich Vivien unseren letzten Haiku geschrieben habe. Woher nimmt sie die Sicherheit, dass ich übermorgen Zeit für ein Abendessen mit Kerzenlicht haben werde? Juhuhui. Juhuhä. Juhuhui. Juhuhä. Ich haste zum Telefontischchen im Korridor, betrachte das rot blinkende Lämpchen auf dem Anrufbeantworter und warte, bis er sich einschaltet. Juhuhui. Juhuhä. Meine Stimme spult den Begrüßungstext ab. Es ist Vivien. Sie ruft aus Zürich an und erinnert mich an das Kochen am Freitag. Sie schlägt ein Huhn im Rohr vor und gibt die Zutaten durch. Huhn. Reis. Gemüse. Endivien-Salat. Frischer Rosmarin wäre nicht schlecht. Das Huhn schiebst du um sechs Uhr ins Rohr. Nicht später! Während ich ihre Stimme höre, erfasst mich eine plötzliche Traurigkeit, und ich nehme zu meiner eigenen Überraschung den Hörer ab, obwohl ich Angst habe, meine Stimme könnte versagen. Vivien? Vivien? Wünsche dir noch eine schöne restliche Arbeitswoche. Bis dann! Die Einkoppelung in den Anruf funktioniert zu langsam, und ich höre nur noch das Tuten des Anrufbeantworters. Ich lege den Hörer auf, höre noch einmal die Nachricht ab und schreibe die Zutaten, die ich einkaufen soll, auf einen Notizblock. Dann gehe ich ins Bad. Beim Öffnen des Spiegelschranks fällt mit einem gelben BIC-Rasierer auch meine alte Schwimmbrille in das Waschbecken. Ich ziehe sie mir über, setze Viviens rosa Duschhaube auf und binde mir eines ihrer gelben Handtücher zu einer Schärpe um den Hals. Ich betrachte mich im Spiegel wie ein fremdes Wesen hinter der Scheibe eines Vivariums. Ich schwinge mit meinen Armen, bis ich vor dem Spiegel auf- und abhüpfe und schließlich abhebe.

Heute herrscht auf den Schwimmbahnen hektischer Betrieb. Unten am Beckenrand beschwert sich eine Alte beim Bademeister, einer von den übermütigen Burschen am Ein-Meter-Brett sei ihr in den Rücken gesprungen. Der Bademeister holt einen stiernackigen Typen aus dem Wasser von Bahn 6. So etwas könnte mir nicht passieren, weil mir der Mut zu Sprüngen aus größeren Höhen fehlt. Ich springe höchstens vom Beckenrand, oder manchmal, in einem Anfall sinnloser Rebellion gegen mich selbst, vom Startblock. Schon das Ein-Meter-Brett ist eine unüberwindbare Hürde für mich. Im Kinderbecken üben jetzt die Kanufahrer ihre Eskimorolle. Sie lassen sich auf eine Seite fallen, um den Kajak durchzukentern. AKROBATIKSHOW AKROBATIKSHOW AKROBATIKSHOW AKROBATIKSHOW AKROBATIKSHOW AKROBATIKSHOW *Well it's lonesome in this old town, everybody puts me down …* Die Musik macht mich etwas melancholisch, wenn ich daran denke, wie gut ich im letzten Halbjahr für das Tachinieren bezahlt wurde. Ich hatte endlich das Gefühl, mein Ziel erreicht zu haben: Ich hatte mich in einer Nische fürs Nichts-Tun eingerichtet wie ein Quastenflosser in einer Lavahöhle am Grund des Meeres. Jedoch immer, wenn ich in meinem Leben etwas erreicht habe, ergeht es mir wie den Seeleuten in der Legende vom Heiligen Brendan, der mit seinen Gefährten nach einem wüsten Sturm an einer Insel strandete. Als die Schiffbrüchigen mit den verbliebenen Holzplanken ihres Schiffes ein Feuer anfachten, bemerkten sie, dass sie auf einem Wal gestrandet waren, der unter dem auflodernden Feuer eine gewaltige Fontäne in die Luft blies und mit den Gestrandeten auf seinem Buckel untertauchte. Die Insel wurde Brendan-Insel getauft, aber keiner hat sie jemals wieder zu Gesicht bekommen. Umsonst habe ich das Verhalten des typischen mittleren Angestellten nachgeahmt und mir sein Vokabular angeeignet, ohne besonders aufzufallen. Die innere Kündigung hatte ich nicht einmal zu vollziehen brauchen, da ich gar nicht richtig angestellt war. Wenn ich von Kollegen oder Vorgesetzten gefragt wurde, woran ich gerade arbeitete, vermied ich exakte Aussagen. Aber es ging voran. Ich konnte sicher sein, dass niemand nachfragte. Mein Motto lautete: Keine Wellen schlagen. Es fiel mir nicht schwer, Eigenschaften wie Starrsinn, Widerspruchsgeist oder Konfliktfähigkeit zu unterdrücken. Ich galt als Bürokaktus und ging zu keinem Umtrunk mit Kolleginnen nach Feierabend, hatte keine Affären und beteiligte mich nicht an Geschenken für Mitarbeiterinnen, die ihr Firmenjubiläum feierten. Ich gehe lieber am Abend ins Schwimmbad als mit grauenhaften Kollegen Prosecco trinken. *Well it's lonesome in this old town, everybody puts me down …* Auf dem Holztischchen neben dem Kinderbecken spielt ein Stereo-Kassettenrekorder Songs von Dean Martin, Bruce Springsteen, Country, während sich die Kanufahrer in ihre Eskimoträume einrollen. Ich habe keine glückliche Beziehung zu Booten. Meine Bootsfahrten waren meist ein Reinfall. In der Tanzschulzeit klauten mein Freund Richie und ich bei einem Seefest einmal ein Ruderboot und ruderten mit zwei Mädchen über den See. Wir waren betrunken und schaukelten übermütig im Boot, bis wir umkippten. Danach fuhren wir mit unseren Vespas und in nassen Kleidern zu einer Hütte am See, wo wir uns auszogen. Das war irgendwie romantisch und wir bekamen die Mädchen herum. Trotzdem verbinde ich keine schönen Erinnerungen an unsere Bootsfahrten. Ich frage mich, von welchen Abenteuern die Kanufahrer im Kinderbecken träumen. Welche unentdeckten Ufer könnten sie noch betreten? Ich erinnere mich wieder an das Höhlengleichnis und denke dabei mit Sympathie an jene Gefangenen, die keine Lust haben aus ihrer Höhle hervorzukriechen, um mühsam ans gleißende Licht zu gelangen, das in den Augen schmerzt. Ich rechne mich lieber zu jenen, die es vorziehen, unten im Dunkeln zu bleiben, und dem Lockruf

Platos widerstehen, einer Wahrheit oder irgendeinem anderen idiotischen Ideal hinterherzujagen. Ich habe keine Idee des Guten vor Augen. Ich erkenne keine Wahrheit und im Staat möchte ich auch keine Rolle spielen. Ich bleibe hier unten und verfolge die sinnlosen Anstrengungen der Schwimmer, Kanufahrer, Taucher und Springer, Anstrengungen, die sie zur Vorbereitung für ihre Wettkämpfe und Eroberungen draußen in der Welt unternehmen, gefangen in ihren egoistischen Träumen. Heute Morgen kam ich an einer Hausmauer vorbei, an die ein Graffito gekritzelt war: GEHT'S ALLE UNTER. Einige Meter neben mir unterhalten sich zwei Mädchen. Das mir näher sitzende ist lang und schlank mit einem abgesetzten, schnabelartigen Rostrum im Gesicht, der typischen Schnauze des großen Tümmlers. Ihre Freundin hat eine stumpfe, abgerundete Schnauze wie der Brillenschweinswal. Finnen entdecke ich keine, aber die Maserung der Äderchen auf ihren Oberschenkeln bildet ein ganz schönes Muster mit gezackten Rhomben auf der Haut. Mit ihrem runden Kopf und dem stumpfen Rostrum erinnert mich das Mädchen an eine kleine und stämmige Australophocaena dioptrica. Ich höre die Mädchen über das Küssen reden, und die mit dem Schnabelrostrum zeigt ihrer Freundin einen Knutschfleck. Die Mädchen sind vielleicht 14 Jahre alt, in jenem Alter, in dem mein Freund Richie und ich unsere ersten, folgenlosen Rendezvous mit Mitschülerinnen im Hallenbad erlitten. Ich erinnere mich an die aufgeladene Lust, mit der wir die Mädchen untertauchten oder lässig vom Trampolin sprangen, um Eindruck zu schinden oder sie anzuspritzen. Damals hatte ich noch keine Höhenangst. Die Hallenbad-Rendezvous verliefen aber meistens im Sand. Das Mädchen mit der runden Brillenschweinswalschnauze spricht jetzt so laut, dass ich nicht mehr weghören kann, ich brauche nicht einmal meine Ohren zu spitzen. Das Mädchen sagt: Ich bin froh, dass sie mich nicht angerufen haben, obwohl ich mein Handy ja dabei hatte. Die andere fragt: Und was hättest du gemacht? Ich weiß nicht, ich habe die Omi sehr gemocht, aber sie hätte auch nichts mehr davon gehabt, wenn ich den Urlaub wegen dem Begräbnis abgebrochen hätte. Die andere nickt. Und was machst du jetzt mit den 10.000 Euro? Das Mädchen mit der Brillenschweinswalschnauze schüttelt den Kopf: Erst einmal ausspannen. Zuhause kann ich mich doch am besten erholen. Ich beuge mich etwas zur Seite, um die Spind-Nummer meiner Sitznachbarin erkennen zu können, die auf dem Schlüsselarmband eingefasst ist. 397. Ich werde dem Mädchen mit der Erbschaft das GEHT'S-ALLE-UNTER-Graffito auf einen Zettel schreiben und ihr in den Spind stecken. Ich bin mir nicht sicher, ob Gott wirklich tot ist. Wenn die Leute so über ihren Urlaub reden, denke ich immer, sie benehmen sich wie kleine unsterbliche Handtaschengötter. Das Mädchen mit dem Schnabelrostrum blickt zu mir mit einem Anflug von Lächeln. Ich laufe zum Ein-Meter-Brett. Als ich an der Reihe bin, federe ich auf dem Trampolin ein paar Mal auf und nieder und staune darüber, dass ich über meinem Balzgehabe meine Höhenangst vergesse. Wenn ein Delfin sexuell erregt ist, beginnt er zu springen und animiert die anderen seiner Schule mitzuspringen. Die Delfine spielen dann springend miteinander und werden sexuell stimuliert. Vielleicht kommt das Mädchen herüber und springt mit. Im Sprung versuche ich eine elegante Drehung wie der Große Tümmler, wenn er erregt ist. Die Delfine bellen auch dazu, aber das spare ich mir jetzt. In der Luft schaue ich zu den Mädchen hinüber, aber sie beachten mich nicht. Mit einem Klatsch falle ich ins Wasser und spüre beim Aufprall ein heißes Brennen auf der Haut.

Gegen sieben Uhr abends schiebe ich das Huhn ins Rohr und hole das Brokkoli-Gemüse aus dem Tiefkühlfach. Im Badezimmer liegen meine Badesachen auf einem Haufen. Es riecht nach Chlor. Mittlerweile habe ich bereits vier Garnituren von Handtüchern und zwei Badehosen in dauerndem Gebrauch. Das ist unser erster gemeinsamer Abend seit einer Woche. Wir werden über unsere Arbeit sprechen, Vivien wird sich über ihren Chef beklagen. Und wovon kann ich berichten? Es ist acht Uhr abends und Vivien läutet an der Tür. In der Wohnung riecht es nach Huhn. Ich öffne die Tür in Badekleidung mit einem als Schärpe umgebundenen Badetuch und den aufgesetzten Schwimmbrillen. Vivien küsst mich seitlich an die Wange. Sie registriert meinen Aufzug nicht. Sie poltert in die Wohnung und redet ins Leere: dass sie schon wieder keinen Parkplatz gefunden hat, dass ihr Chef über keine Lohnerhöhung diskutieren will, dass sie schon die Weihnachtsferien plant, dass sie heute auf der Autobahn fast von einem Laster eingezwängt worden wäre. Sie habe sich den ganzen Tag auf unseren gemeinsamen Abend gefreut, wie mein Tag gewesen sei, fragt sie, während sie im Backrohr nach dem Huhn sieht. Wie lange das Huhn schon im Rohr sei. Ich antworte ihr, ich hätte das Huhn gegen sieben ins Rohr geschoben, worauf sie mich vorwurfsvoll ansieht und mich daran erinnert, dass ich das Huhn um sechs ins Rohr schieben hätte sollen. Ich entgegne ihr, ich hätte befürchtet, sie würde sich verspäten. Sie sagt: Ich verspäte mich nie! Beim Essen sitzen wir uns gegenüber, meine Badebekleidung fällt ihr überhaupt nicht auf. Ich würde sie gerne fragen, wie ihr meine neue Badehose gefällt, aber ich lasse es bleiben. Sie lobt das Huhn und fragt mich, wie meine Woche gewesen sei. Gut. Ich erzähle ihr von den Kanufahrern und von dem harten Training der Turmspringer. Die 14-jährige Jasmin im türkisen Badeanzug habe beim durchgestreckten, zweifachen Auerbach große Fortschritte gemacht. Vivien will wissen, ob ich schon Pläne für Weihnachten habe. Sie würde gerne ihre Eltern im Salzkammergut besuchen. Ich wische mir mit dem Handtuch die Bratfettreste vom Mund und sage: Ich weiß noch nicht, ob ich von der Schwimmhalle freibekomme. Auch so wäre unser gemeinsamer Abend vorstellbar. Ich packe die nassen, nach Chlor riechenden Schwimmsachen in einen Nylonsack und verlasse die Wohnung. Dieser durchdringende Chlorgeruch macht mich wahnsinnig. Im Stiegenhaus stoße ich beinahe eine Nachbarin nieder. Ich will mir nicht vorstellen, wenn an Stelle der Nachbarin jetzt Vivien die Treppe heraufgekommen wäre. Es ist Viertel vor acht. Ich überquere hastig die Straße hinüber zum Nachbarhaus. Ich drücke die Klinke nieder, doch das Haustor gibt nicht nach. Ich laufe zurück, zurück in unser Haus, vorbei am Fahrradkeller, den ich als Versteck sofort verwerfe. Dasselbe gilt für die Waschküche. Ich muss den Sack los werden und deponiere ihn kurzerhand hinter dem Müllcontainer. Dann haste ich nach oben zurück in die Wohnung und stelle die Brause an. Mein Atem beruhigt sich beim Anblick der weißen Schaumbläschen, die über meinen Körper rinnen. Nachdem ich mich abgetrocknet habe, schnüffle ich an meinem Körper. Ich nehme keinen Chlorgeruch mehr wahr, und auch das Badezimmer scheint mir jetzt den Geruch nach Seife angenommen zu haben. Zur Sicherheit versprühe ich Parfum an meinem Hals und in die Luft. Danach schlüpfe ich in meine dunkle Hose, ziehe ein kariertes Hemd und das beige Cordsakko an, das Vivien so gerne hat. In jüngeren Jahren habe ich mich gerne herausgeputzt für Vivien. Kurz nach acht bin ich fertig. Ich schütte das angetaute Gemüse in die Pfanne und lasse es mit Butter anschwitzen, während ich den Salat wasche. Das Huhn braucht noch etwas Garzeit. Ich decke den Esstisch im Wohnzimmer und hole den Weißwein aus dem Eisschrank. Dann setze ich mich auf die Couch, schenke mir ein Glas ein und warte. Ich stehe noch einmal auf und zünde die Kerzen an, obwohl ich damit warten sollte, aber ich möchte es jetzt mit mir feierlich haben. Es wird Viertel nach acht. Sie verspätet sich. Ich drehe das Rohr ab und gebe einen Deckel auf die Pfanne mit dem Gemüse. Es wird halb neun. Vielleicht steckt sie im Stau. Es wird neun. Die Weißweinflasche ist schon halb leer. Um halb zehn ist sie ganz leer. Ich hole die zweite Flasche aus dem Eisschrank und betrachte die halb heruntergebrannten, flackernden Kerzen im Halbdunkel. Der Wein ist kalt und trocken. Um zehn läutet das Telefon. Ich gehe nicht hin, und der Anrufbeantworter springt an. Vivien. Sie habe auf der Westautobahn im Stau gesteckt. Der Handy-Akku sei leer. Sie sei in einer Stunde in Wien. Ich spüre den Alkohol und die sich ausbreitende Gleichgültigkeit gegenüber Viviens Rechtfertigungen. Es ist mir egal, ob sie lügt oder die Wahrheit sagt. Mein Hunger ist verflogen. Gegen halb zwölf reißt mich das Geräusch ihres Schlüssels aus meinem Dämmerschlaf. Der Schlüssel greift nicht und dreht ins Leere wie ein Rad auf Eis, weil ich meinen Schlüssel innen stecken gelassen habe. Eine Angewohnheit, die Vivien wahnsinnig macht und die ich manchmal als Waffe einsetze. Sie dreht und dreht und dreht ihren Schlüssel. Dann läutet sie. Einmal. Ich schaue durch die offene Wohnzimmertür in den Korridor und versuche aus den Intervallen zwischen Pause und Läuten ein rhythmisches Muster herauszuhören. Die Pausen zwischen dem Läuten werden jetzt kürzer, die Frequenz wird schneller und nervöser. Jetzt bleibt sie länger auf der Glocke, sodass aus den kurzen 1/8- oder 1/16-Tönen wieder Ganztonschritte werden. Dann hämmert sie mit der Hand einen ganz interessanten Trommelrhythmus an die Tür, während sie meinen Namen ruft und noch einmal läutet. Nach dem Crescendo-Finale ist es still. Ich stehe auf und wanke zur Tür. Ich drehe meinen Schlüssel, der ebenso ins Leere greift wie ihr Schlüssel. Ich sage durch die

Tür: Du musst deinen Schlüssel abziehen. Was? Abziehen, den Schlüssel. Ich halte meinen Schlüssel fest und spüre, wie sich ihr Schlüssel bewegt. Unsere Schlüssel kommen mir vor wie Finger, die versuchen, einander durch das Schloss hindurch zu berühren. Sie sagt: Es geht nicht. Irgendwie schaffe ich es, meinen Schlüssel abzuziehen. Sperr jetzt auf! Sie sperrt auf und stößt mich mit der Tür nach hinten. Dann fegt sie mit einem Schwall aus Parfum- und Schweißgeruch in den Korridor. Sie sagt: Warum machst du nicht auf? Hast du absichtlich nicht aufgemacht? Nein. Hast du es nicht gehört? Ich bin wahrscheinlich eingeschlafen. Bist du betrunken? Ein bisschen. Sie kommt auf mich zu und küsst mich auf die Wangen. Ich rieche den nach langen Autofahrten typischen, eingetrockneten Schweiß an ihrem Körper. Sie sagt: Entschuldige. Ich sage: Das Huhn ist sicher noch warm. Während sie das Rohr einschaltet und Gemüse und Reis wärmt, erzählt sie, sie habe in Zürich den Autozug verpasst und hätte dann die ganze Strecke selber fahren müssen. Ich habe doch das Auto gebraucht, sonst wäre ich ohnehin geflogen. Ein Auto anzumieten, hätte ihr der Chef nicht gezahlt, dann wäre die ganze Geschäftsreise für sie ein Minusgeschäft geworden. Ich gehe ins Wohnzimmer und setze mich wieder auf die Couch. Ihre körperliche Präsenz bringt eine ungewohnte Unruhe in die Wohnung. Ich denke an die Schwimmhalle und an die Kanufahrer. Vivien kommt mit einem Glas in der Hand zum Couchtisch und schenkt sich Wein ein. Sie bemerkt die leere Flasche auf dem Couchtisch. Sie fragt: Ist das schon deine zweite Flasche? Ja, und? Du musst etwas essen. In der Wohnung breitet sich wieder der Geruch nach Huhn aus. Vivien schnüffelt in die Wohnung hinein. Riechst du es? Ja, das Huhn. Nein, sagt sie. Plastik. Ich rieche nichts. Sie geht hastig in die Küche und holt das Huhn aus dem Rohr. Ich höre das Knipsen der Geflügelschere. Ein kurzer, stechender Schrei. Vivien. Ich stehe auf und wanke in die

Küche. Vivien sitzt am Küchentisch. Tränen laufen ihr über die Wangen. Ich sage: Was ist? Das Huhn. Was ist mit dem Huhn? Sie antwortet nicht. Ich gehe zum Herd, auf dem das zerteilte Huhn in der Wanne liegt. Knusprig und braun. Ich sage: Was soll mit dem Huhn sein. Es ist doch knusprig. Sie sagt: Schau hinein! Ich untersuche das Innere des Huhns und dann bemerke ich es auch: die Apfel- und Orangenfüllung ist mit dem Plastik, in dem die Innereien verschweißt waren, verschmolzen. Im Inneren des Huhns klebt eine zähe Paste aus geschmolzenem Plastik und Apfel- und Orangenmus, die von den Hühnerknochen tropft. Vivien weint. Ich lege meinen Arm um ihre Schultern. Lass mich! Man kann dich nicht einmal ein Huhn ins Rohr schieben lassen! Ich nehme meine Hand von ihrer Schulter. Ich sage: Wir können ja die Haut und das Fleisch vom oberen Teil essen. Vivien wischt sich die Tränen aus dem Gesicht, steht auf, holt einen großen Möbel-Lutz-Einkaufssack aus der Kredenz und wirft das Huhn in den Sack. Sie geht in den Korridor, öffnet die Wohnungstür und stellt den Sack in den Gang. Dann höre ich ihre Schritte auf dem Dielenboden im Korridor, das Geräusch des Umblätterns im Telefonbuch. Sie wählt eine Nummer und bestellt: Eine Pizza Cardinale bitte! Sie gibt unsere Adresse durch. Vivien weiß, dass ich Pizza hasse. Ich drücke mich an ihr vorbei, setze mich an den Couchtisch und trinke alleine weiter. Sie geht mit bestimmten Schritten zwischen dem Schlafzimmer und ihrem Arbeitszimmer hin und her und verräumt ihre Kleidungsstücke, geht ins Bad und steckt ihre Schmutzwäsche in die Waschmaschine. Dann läutet es an der Wohnungstür. Sie nimmt die Pizza entgegen, zahlt, geht in die Küche und beginnt die Pizza aufzuschneiden, während ich das Bild eines zerschnittenen Riesenkalmarauges vor mir habe. Nachdem sie gegessen hat, verschwindet sie im Badezimmer. Ich höre sie Zähne putzen. Dann steht sie auf einmal in ihrem weißen

Nachthemd mit den rosaroten Blümchen vor mir. Kannst du heute bitte im Wohnzimmer auf der Couch schlafen? Ich nicke. Danke. Gute Nacht. Sie schließt leise die Tür zum Schlafzimmer. Ich bin ihr dankbar für den Vorschlag, getrennt zu schlafen, und gehe in die Küche, wo ich noch einmal Brokkoli und Reis wärme. Ich schnappe mir einen Teller und die Geflügelschere und schleiche aus der Wohnung. Ich öffne den Möbelhaus-Lutz-Sack und schneide mir einige Fleischstücke vom vorderen Teil des Huhns ab. Die Fleischstücke riechen überhaupt nicht nach Plastik. Ich schließe die Wohnungstür und serviere mir wie ein Kellner das Huhn mit Brokkoli und Reis am Esstisch. Ich ziehe das Sakko aus und setze mich an den Tisch. Eine der Kerzen ist bereits heruntergebrannt, die andere flackert noch. Der trockene Veltliner passt gut zum Hühnerfleisch. Nach dem Essen öffne ich das Wohnzimmerfenster und lege mich mit dem Kopf zur Fensterseite auf die Couch, sodass ich in den Himmel blicken kann. Draußen weht eine leichte und warme Septemberbrise. Die Luft riecht irgendwie noch nach Sommer, die Nacht ist sternenklar. Ich trinke die letzten Reste des Weins, während mein Blick im wolkenlosen Sternenhimmel versinkt und mir der Brokkoli-Geruch aus der Küche in die Nase steigt. Ich habe das Brokkoli-Gemüse als Beilage zum Huhn gewählt, weil es wie der Blas des Zwergwals riecht. Ich hätte Vivien gerne vom ausgestoßenen Wasserdampf der Wale erzählt, den sie beim Auftauchen in einer Fontäne aus ihrem Körper blasen. Er heißt Blas, und manchmal riecht es auf hoher See nach Brokkoli, weil gerade in der Umgebung ein Zwergwal zum Durchatmen aufgetaucht ist. Für morgen in der Schwimmhalle nehme ich mir vor, einen Sprung vom Drei-Meter-Brett zu wagen.

Am späten Vormittag weckt mich das Geräusch eines singenden Keilriemens, das von der Straße heraufdringt. Mein erster Gedanke gilt den Badesachen, die im Nylonsack nicht getrocknet sein werden und wahrscheinlich muffig riechen. Dieses Versteckspiel ist keine langfristige Lösung. Mir wird bewusst, wie schwierig es ist, einen Gegenstand außerhalb der eigenen vier Wände aufzubewahren, ohne dass man ihn für Strandgut oder Müll hält. Die Waschküche fällt weg, da Vivien dort die Wäsche aufhängt. Der Innenhof des Nachbarhauses war nur ein Provisorium. Ich stehe auf und überlege mir in der Dusche, wie es weitergehen soll. Als ich die Wohnungstür beim Verlassen der Wohnung öffne, erblicke ich ihn sofort: Anstelle des Möbelhaus-Lutz-Sackes mit den Resten des Huhns steht der Sack mit meinen nassen Badesachen neben der Wohnungstür, wie ein toter Vogel, den die Kindheitskatze manchmal in ihrem lächerlichen Jagdstolz vor unsere Wohnungstür gelegt hat. Wer mag das gewesen sein? Entweder hat ihn eine übereifrige Nachbarin oder Vivien hinaufgetragen, nachdem sie den Nylonsack mit meinen feuchten Handtüchern hinter dem Müllcontainer entdeckte. Vielleicht dachte sie, ich hätte meine Badesachen irrtümlich weggeworfen. Die mögliche Aufdeckung meines Doppellebens kann mich nicht erschüttern. Wir wissen so vieles nicht voneinander, was machen da ein paar muffige Handtücher und eine nasse Badehose schon aus? Der Sack ist für sie wahrscheinlich nur ein weiteres Indiz für die Lebensuntüchtigkeit ihres Ehemanns. Ich brauche meinen täglichen Gang ins Schwimmbad nicht mehr zu verheimlichen und freue mich, dass ich auch vor mir selber nicht mehr Komödie spielen muss. Ich nehme die Badesachen aus dem Sack, gehe zurück in die Wohnung und hänge sie auf dem Wäschetrockner im Badezimmer auf. Dann entnehme ich dem Badezimmerschrank ein frisches Badetuch. V & H. Die Handtücher mit den Initialen unserer Vornamen am unteren Rand waren ein Weihnachtsgeschenk von mir an Vivien. Die gelben Frotteehandtücher mit Viviens Initialen, die blauen mit meinen und die grünen, großen Badetücher, die sich Vivien jedoch weigert zu benützen, mit unser beider Initialen. Sie war mit der Gestaltung der Initialen nicht einverstanden, weil das H ihrer Meinung nach nicht nur »patriarchal« über dem V eingenäht war, sondern auch »besitzergreifend« in das V hineinstand. Ich hänge meine nasse Badehose dazu, weil ich zur Feier des Tages eine dritte Badehose in einem Sportgeschäft kaufen werde, man braucht schließlich mindestens drei Arbeitsanzüge. Endlich verlasse ich die Wohnung. Ich schreite einem neuen Tag entgegen. Was ich mit ihm anfange, brauche ich nicht mehr zu verheimlichen. Beim Ausschauhalten nach einem Sportgeschäft werde ich den Verdacht nicht los, jemand sei mir auf den Fersen, überhole mich aber nicht. Ich bleibe vor einer Auslage mit Elektronikwaren stehen und betrachte die obszön glänzenden Plastikartikel im Schaufenster. Hinter meinem gespiegelten Körper sehe ich in der Scheibe Schatten von Passanten an mir vorbeigehen, die mich nicht beachten. Ich bin allergisch auf Leute, die hinter mir hergehen und mich nicht überholen, als wollten sie meine Geschwindigkeit als Fußgänger imitieren. Mir kommen wieder jene Zwillinge in den Sinn, die ich einmal beobachtet habe, zwei erwachsene Männer um die 50. Sie trugen beide Jeans und olivgrüne Jacken und hielten sich ständig in allernächster Nähe zueinander auf, wobei sie darauf achteten, einander in regelmäßigen Abständen an den Schultern flüchtig zu berühren. Sie brauchten diese Bestätigungen ihrer Nähe offensichtlich, um einander ihrer lebensnotwendigen Anwesenheit zu versichern. Ich frage mich, während ich die violetten Plastikzapfen eines Föns in der Auslage studiere, ob ich auch gerne so einen Zwillingsbruder hätte, ob nicht jeder Mensch so einen Zwillingsbruder brauchte, den er auf der Straße immer wieder flüchtig berühren könnte? Oder einen anderen Passanten? Doch eigentlich ekelt es mich vor flüchtigen und unbeabsichtigten Kontakten mit Passanten. Ich hasse es auch, wenn Vivien mich mechanisch berührt und gleichzeitig etwas anderes macht, wie fernsehen oder lesen. Der Vorteil unserer körperlos gewordenen Beziehung ist, dass ich diese oberflächlichen Berührungen nicht mehr erdulden muss. Ich kehre zurück in den Fußgängerstrom der Einkaufsstraße, schlendere einige Schritte die Straße entlang, und drehe mich ruckartig um, um sicher zu gehen, dass mir niemand gefolgt ist. Mich beschleicht das Gefühl, jemand wäre im Augenblick meines Umdrehens in einem Hauseingang verschwunden. Ich mache kehrt, laufe zurück und werfe einen Blick in den Hauseingang, aber da ist niemand. Ich schlendere weiter, blicke noch einmal hastig nach hinten über die Schulter, ohne einen Verfolger auszumachen. Dann laufe ich zufrieden die Einkaufsstraße entlang, auf der Suche nach einer neuen Badehose.

WERTE GÄSTE KEINE RANDSPRÜNGE WERTE GÄSTE KEINE RANDSPRÜNGE WERTE GÄSTE KEINE RANDSPRÜNGE WERTE GÄSTE KEINE RANDSPRÜNGE WERTE GÄSTE KEINE RANDSPRÜNGE Wie groß wäre meine Freude, wenn eines Tages in der Anzeige nicht mehr dieser primitive Lauftext aufleuchtete, sondern ein anderer, eine heimliche, verschlüsselte Botschaft, ein Liebesgruß von Werner an Linda, ein politischer Kalauer oder ein Witz, ein Rätsel, ein obszönes Wort, ein Graffito vom Klo, Arsch mit Ohren, eine Tagebucheintragung der Kassiererin des Hallenbades oder ein obszöner Gedanke des Bademeisters beim Pissen. All das steht nicht auf der Anzeigentafel. GÄSTE KEINE RANDSPRÜNGE WERTE GÄSTE KEINE RANDSPRÜNGE WERTE. Wie gerne würde ich meine Lebensgeschichte oder mein Tagebuch über die Anzeigentafel veröffentlichen, wenn mich jemand darum bitten würde. Was wäre der erste Satz meiner Geschichte? »NACH DER WÄRME IM HALLENBAD SCHLÄGT MIR AUF DER STRASSE DIE KALTE LUFT INS GESICHT«? Vielleicht würde der eine oder andere gelangweilte Schwimmer den Lauftext der Anzeigentafel mitlesen, wenn ich von meinem Leben erzählte? Ich könnte den Bademeister fragen, wo er den Text für die Anzeigentafel eingibt, und mich spät nachts in den Raum, in dem das Eingabegerät steht, einschleichen. Mir schiene so eine Veröffentlichung sinnvoller, als ein Buch zu schreiben, das höchstens in Bibliotheken verstauben würde. Angesichts des Schwimmbeckens erinnert mich meine Existenz an die Torheit der Danaiden in der Unterwelt, die versuchten, ein löchriges Fass mit einem Sieb mit Wasser zu füllen. WERTE GÄSTE KEINE RANDSPRÜNGE WERTE GÄSTE KEINE RANDSPRÜNGE WERTE GÄSTE KEINE. Mir gefällt der lässige Gang der am Beckenrand entlangschlendernden Badegäste, deren Gangart in gar nichts den hektischen Schritten der Passanten auf der Straße gleicht. Der Anblick ihrer halbnackten Körper geht mir näher als der Anblick der Passanten in Herbstjacken und Wintermänteln, zunehmend gerüstet für das halbe Jahr Kälte, das Einzug hält.

ZWEI

> In das Becken vertieft, den Kopf unterm Wasser, träumte er gern von früheren Jahren. Da herrschte eine heimliche, stille Leere. Glückliche Konjekturen flatterten durch den Raum und stießen nirgends an.
>
> Elias Canetti, *Die Blendung*

»Das Meer ist nicht mehr wild und grandios. Es hat ein falsches Gebiss und setzt den Menschen in eine künstliche Erregung, die ihn schwermütig macht. Die vom Meer erweckte Sehnsucht ist hinterhältig und ohne Aussicht auf Befriedigung. Der Mensch soll vor der Unendlichkeit des Blickes zurückschrecken. Das zahnlose Meer wird zu Unrecht vergötzt und vergöttert. Die Halbnackten wälzen ihren analphabetischen Urlaubsleib jedes Jahr an die Strände. Das Meer wird zur Reinwaschung unseres Alltagsmülls missbraucht. Räumt die Strände! Macht Mallorca zur Mülldeponie! Umzäunt die Strände von Korsika bis Sizilien, von Kreta bis zur Elfenbeinküste! Errichtet Selbstschussanlagen am Meer! Haifische aller Länder vereinigt Euch! Die Sehnsucht nach dem Meer ist mit der Todesstrafe zu belegen! Jedes Foto, auf dem das Meer abgebildet ist, ist unverzüglich zu verbrennen! Wer das Meer mit einer Frau oder Mutter vergleicht, wird auf der Stelle erschossen! Nur ein Totes Meer ist ein gutes Meer!« Als Vivien letztes Jahr unbedingt ans Meer fahren wollte, stritten wir uns einen Abend lang. Ich schrieb ein Manifest gegen das Meer, das ich ihr auf die Kredenz legte wie einen überlangen Haiku. Am nächsten Morgen fand ich den Zettel auf meinem Schreibtisch. Vivien hatte das Manifest doppelt durchgestrichen und mit Großbuchstaben diagonal darüber geschrieben: SCHWEIN! Sie fuhr alleine auf Urlaub. Spring nicht! Du hast mich festgehalten! Unter mir am Beckenrand rangeln zwei Jungen und versuchen sich gegenseitig ins Wasser zu stoßen. Ich frage mich, wann Vivien und ich das letzte Mal laut miteinander gestritten haben. Beim Erste-Hilfe-Kurs für den Führerschein erklärte uns der Sanitäter, dass die brüllenden Unfallopfer als Letzte versorgt werden müssen. Zuerst die stummen! Die stummen zuerst. Viviens Berichte über ihren Büroalltag lähmen mich schon seit langem, obwohl ich sie immer wieder mit Interjektionen wie Ach, Wirklich, Schade zum Weitersprechen ermuntere. Ach, was! Der kleinere der beiden Burschen, die miteinander raufen, springt jetzt ins Wasser. Auf dem Drei-Meter-Brett federt ein übergewichtiger Junge in einer knielangen Badeshort auf und nieder. Immer höher. Ich wollte heute eigentlich vom Drei-Meter-Brett springen, doch mich verlässt schon beim Anblick der anderen der Mut. Der übergewichtige Junge umfasst im Sprung seine Beine und lässt sich als Bombe ins Wasser fallen. Einige Kinder am Beckenrand schrecken vor den Wasserspritzern zurück. Ich fiel als Junge oft unfreiwillig ins Wasser – vielleicht hängt damit meine Furcht vor Sprüngen aus großer Höhe zusammen? Ich wurde geradezu magisch angezogen vom Wasser. Ich erinnere mich, wie ich im Alter von vier Jahren mit dem älteren Bruder aus Familie 1 an einem sonnigen Tag im Februar am Swimmingpool im Garten spielte. Damals waren wir noch eine Familie und hatten einen Swimmingpool für uns allein. Die von der Dachrinne herabhängenden Eiszapfen schmolzen und tropften in den nassen Schnee oder auf die Fliesen der Terrasse. Der ältere Bruder zog mich damit auf, dass ich mich nicht trauen würde, auf das Eis im Pool zu steigen. Das ließ ich mir nicht zweimal sagen, und ich kletterte die Badeleiter hinunter. Ich versuchte einige kleine Schritte, dann krachte das Eis, und ich stand bis zum Nabel im kalten Wasser. Ich schrie wie am

Spieß. Der Bruder zog mich heraus, dirigierte mich unter das Dach und lenkte meinen Blick in Richtung Eiszapfen, die unbeirrt vom Dach heruntertropften. Er sagte: Wenn die Zapfen geschmolzen sind, bist auch du trocken. Ich blieb eine halbe Stunde unter dem Dach stehen und ließ die tropfenden Eiszapfen nicht aus den Augen. Bis mich die Mutter fand, war ich schon blau im Gesicht, bewegungslos an der Mauer unter dem Dach stehend. Ich fiel noch öfter in voller Montur ins Wasser, in Seen, Flüsse oder Teiche. An Wochenenden gingen der 1. Vater, der Bruder und ich manchmal segeln, und sie machten sich einen Spaß daraus, das Boot zu schaukeln und mir Angst einzujagen. Einmal trieben sie es zu weit, und wir fielen alle ins Wasser und der Autoschlüssel ging mit uns unter. Später fiel ich einmal vom Floß, das die Freunde und ich am Teich unseres Waldes am Rande der Stadt zu zimmern versuchten. Es gelang uns nie, die einzelnen Bohlen so fest miteinander zu verknüpfen, dass sie uns hätten tragen können, wie in den Wild-West-Filmen. An der Rampe des Zehn-Meter-Turms taucht jetzt der durchtrainierte, makellose Körper des Turmspringers auf, der auf den Zehenspitzen wie auf Nadeln wippt und seine Arme seitlich von sich streckt. Einige Badegäste, die gerade noch vor sich hingedöst haben oder mit ihren Körpern beschäftigt waren, blicken zum Turmspringer. Er streckt seine Hände im 90°-Winkel von sich, als wollte er die Badegäste besänftigen oder domestizieren, ein Dirigent, auf dessen drohend erhobenen Taktstock hin Stille einkehrt. Er balanciert seine Arme für den bevorstehenden Sprung aus, streckt seinen Oberkörper und biegt sich ins Hohlkreuz durch. Seine Selbstbeherrschung wirkt auf mich unheimlich. Er gleicht einer Marionette mit muskulösen Gliedern, bereit für die einstudierte Bewegungsfolge. Jeder Muskel scheint unter seiner Kontrolle oder eher unter der Kontrolle seines Trainers, der unten am Beckenrand, selbst nur mit einer Badehose bekleidet, auf einem Klappstuhl sitzt. Der junge Turmspringer stellt seinen Körper wieder auf die Zehenspitzen. Ich glaube, ein leichtes Muskelzittern zu beobachten. Sein Trainer wird es gewiss in der anschließenden Videobesprechung kommentieren und korrigieren. Einen Sekundenbruchteil vor dem Absprung des Jungen stößt der Trainer einen die Halle durchdringenden Urlaut aus, der dem Jungen helfen soll, den richtigen Absprungmoment zu finden: HUUOOOAAAPPPP. Ich schaue mit den anderen Badegästen in die Höhe und verfolge den zweieinhalbfachen Auerbach. Als der Kopf des Turmspringers aus dem Wasser taucht, applaudieren einige seiner Teamkollegen leise neben dem Trainer. Der kurze, konzentrierte Ruck, der mit dem Sprung durch die Halle schnitt, hat sich schnell verflüchtigt, als hätte die Halle kurz ihre Schultern gehoben, um sie ebenso schnell wieder fallen zu lassen. Wann immer den Schwimmern, Tauchern, Kanufahrern oder Springern etwas gelingt, wirkt der Ablauf ihrer Bewegungen kreisrund, rund beschleunigend, von ihrem Ursprung an auf eine Abgeschlossenheit zustrebend. Nur Anfänger wie ich schwimmen ruckartig, eckig, wie gerade geschlüpfte Fische: nervös, linkisch. Mein Leben voller kurzer, nervöser Interferenzen also ein typisches Anfänger-Leben? Von mir aus spring! Ich will zum Ein-Meter-Brett! Von mir aus! Die zwei Knirpse laufen jetzt am Beckenrand an mir vorbei. Sie wippen auf dem Ein-Meter-Brett auf und nieder. Nach dem Sprung des Turmspringers wenden sich die Badegäste wieder ihren eigenen Körpern zu. Ich habe den Eindruck, dass die Besucher eines Hallenbades weniger auf das Zur-Schau-Stellen ihrer Körper aus sind, als es im Freibad der Fall ist. Ich erkläre mir die geringere sexuelle Anspannung mit der winterlichen Abgekapseltheit des Hallenbades. Auch im Sommer verbindet man das Hallenbad mehr mit Winter. Die künstliche Wärme und die Biosphäre einer Fischblase scheinen die Badegäste von der Willkür ihrer natürlichen, sexuellen Triebhaftigkeit zu befreien.

Der gelbliche Schimmer im gerippten Milchglas unserer Wohnungstür ist das erste, unwillkommene Anzeichen von Viviens Anwesenheit heute Abend. Von dem Licht geht für mich eine ähnliche Bedrohung aus wie vom Kopflicht der weiblichen Anglerfische, die mit ihrem Licht am Kopf andere Fische im Dunkel der Tiefsee anlocken, um sie dann aufzufressen, auch ihre Partner, die männlichen Anglerfische. Ich habe mich heute auf die unbewohnte Leere und die unbelebten Gegenstände in der Wohnung besonders gefreut: allein auf dem Sofa im Halbdunkel mit den flackernden Fenstern des gegenüberliegenden Nachbarhauses. Ich höre aus der Wohnung das Klappern von Geschirr, ein Geräusch, das mir noch vor kurzem mit so viel Vertrautheit entgegenkam. Kurz regt sich noch der Reflex in mir, meine Schwimmsachen zu verstecken, doch ich finde keinen Sinn in dieser Anstrengung. Ich stecke meinen Schlüssel ins Schloss und versuche, die Tür aufzusperren, doch heute hat Vivien ihren Schlüssel stecken lassen. Aus der Wohnung strömt der Geruch erhitzten Öls. Ich läute. Und läute noch einmal. Sie öffnet nicht. Sie rächt sich wahrscheinlich für das Schlüssel-Steckenlassen von gestern Abend. Ich läute noch einmal. Wenn sie jetzt nicht öffnet, nehme ich mir ein Hotel. Schließlich höre ich ihre Schritte im Korridor. Ich ziehe rasch den Schlüssel ab, damit sich unsere Schlüssel nicht wieder ineinander verhaken. Sie sperrt auf, öffnet die Tür aber nicht. Als ich sie aufdrücke, schaue ich ihrem Rücken nach, der in der Küche verschwindet. Ich hänge meine Jacke an den Garderobenständer und werfe einen wie zufälligen Blick in die Küche. Ich sage: Hallo. Sie erwidert: Hallo, ohne von ihrer Bratpfanne aufzublicken. Ich gehe ins Bad, um meine nassen Badesachen aufzuhängen. Die anderen Handtücher und meine Badehosen finde ich trocken und zusammengelegt auf der Waschmaschine. Ich schnuppere an ihnen. Sie riechen nach Chlor. Angesichts dieses chlorhaltigen Bergs Wäsche müsste mich Vivien eigentlich fragen, ob ich noch etwas anderes mache, als ins Hallenbad zu gehen. Es kümmert mich nicht weiter, denn es ist ihre Aufgabe, mein Geheimnis aufzudecken. Im Badezimmer stehend überlege ich, wohin ich gehen soll, ob ich mich auf die Couch im Wohnzimmer setzen oder in mein Arbeitszimmer verkriechen soll, wobei ich an Vivien in der Küche vorbei müsste. Ich bin nicht hungrig oder durstig. Ich schleiche durch den Korridor und werfe noch einmal einen Blick in die Küche. Ich frage: Wie geht's? Sie gibt keine Antwort und brät weiter ihr Gemüse ab. Diese Art der Schweigebestrafung war eine universelle Sprache in den Familien 1, 2 oder 3: wer länger schweigen konnte, hatte weniger Schuld. Der Vater in Familie 2 und die Mutter in Familie 1 waren Weltmeister im Schweigen. Ich hätte meine eigene Familie 4 gerne davor bewahrt. Da Vivien lieber schweigt und keine Fragen stellt, erübrigen sich alle möglichen Antworten, und ich gehe schweigend in mein Arbeitszimmer.

Unter meinen Schulterblättern spüre ich eine aufkeimende Wärme, als wären sie auf zwei warme Handteller gebettet. Mein Blick fällt auf das Gewirr der Metallstangen und Traversen, die das Dach stützen, während sich meine Gedanken wie die dünnen Lichtstrahlen der Hallenscheinwerfer an den Wellenkanten des Wassers zerstreuen. Mein Hörsinn verflüchtigt sich in einer angenehmen Sinnleere, die ausgefüllt ist von einem Plätschern aus Wortfetzen und Wassergeräuschen. Aus der Loge des Bademeisters erklingt das volle und weiche Klingeln eines alten Telefons. Ein Läuten, wie es nur noch in alten Filmen zu hören ist. Wie gerne hätte ich so einen alten Apparat mit diesem Klingeln und Rasseln, das der verhasste elektronische Dur-Dreiklang in den meisten Haushalten abgelöst hat. Ich fragte einmal bei der Post nach, ob man nicht so einen alten Apparat bestellen könne, aber sie meinten, die alten Apparate seien nicht mehr kompatibel. Als Kind fürchtete ich das Telefon, weil es der Apparat war, der uns zu Worten zwang: Worte einer erzwungenen Berichterstatterschaft gegenüber der Familie 1, nachdem man in die Familie 2 verpflanzt worden war, und umgekehrt. In einer beschämenden Weise hat sich daran in Familie 4 mit Vivien nichts geändert. Das Telefon klingelt und ich habe Vivien Bericht zu erstatten, egal, ob sie nun aus Basel, Zürich oder Genf anruft. Als gäbe es ein Leben, das über elektronische Impulse vermittelbar wäre. So erzeugt das Telefon noch immer das schlechte Gewissen – die Angst vor dem Telefon wie ein Teil von mir, ein unsichtbarer dritter Arm. Wenn ich die Angst abschneiden wollte, müsste ich auch diesen Arm abschneiden. Oft versinke ich beim Telefonieren in eine tiefe Sprachlosigkeit und Vivien fragt: Bist du noch da? Sie glaubt dann, ich habe den Hörer abgelegt. Bist du noch dran? Und ich kann nichts anderes sagen als: Ich habe nichts gesagt! Wie gerne würde ich besser telefonieren können, denn die akustische Verständigung ist unter Wasser viel wichtiger als die visuelle. Wale oder Delfine sind zur Erkundung ihrer Umgebung oder zur Verständigung unter Wasser viel mehr auf ihren Tast- oder Hörsinn als auf das Auge angewiesen. Die Zahnwale hören auch mit dem Unterkiefer, der mit Fett ausgekleidet ist. Sie schauen dabei aus, als würden sie lächeln, doch in Wirklichkeit hören sie nur konzentriert. Mein Blick sucht im Hallenbad nach einem lächelnden Menschen und landet beim Bademeister, der gerade einer dicken Seniorin in einem geblümten Badeanzug zulächelt. Ich stelle mir vor, sein Lächeln sei eine höher konzentrierte Form des Hörens oder Zuhörens. Die Delfine sehen zwar auch nicht besonders gut, schlafen zum Ausgleich aber immer mit einem offenen Auge. Sie besitzen die Fähigkeit, im Schlaf zuerst die eine, dann die andere Gehirnhälfte auszuruhen. Ich bin mir nicht sicher, ob es mir behagen würde, im Schlaf mit einem Auge wachen zu müssen und gleichzeitig beobachtet zu werden. Ich versuche mit einem offenen und einem geschlossenen Auge einzuschlafen und gleichzeitig nach Gefahren in der Halle Ausschau zu halten. Meine Gedanken springen umher und enden im Nichts, als fiele eine Münze in mein Gehirn aus Wasser. Als ich mit einem tauben Kiefer erwache, springen die Geräusche der kreischenden Kinder vom Metallgerüst an der Decke echohaft zurück. Die Wärme der Halle empfinde ich nach dem Erwachen wie eine zweite, dickere Haut, gleich einer Schwimmhaut. Und das machen wir jetzt sechsmal. Wie sechsmal? Sechsmal! Und schön durchziehen! Arme schön durchstrecken! Die jungen Schwimmschüler strampeln am Rand des Beckens im Wasser. Ich kann mich nicht erinnern, unter welchen Umständen ich schwimmen gelernt habe. Die chaotischen Armbewegungen der Schwimmschüler erinnern mich daran, wie Vivien und ich hier ineinander geschwommen sind und nach dem Zusammenstoß hektisch im Wasser strampelten, um wieder ins Gleichgewicht zu kommen. Damals schrieben wir beide an den Diplomarbeiten. Ich über Heidegger. Sie über den Undine-Stoff. Wir hatten ein Seminar belegt, in dem es um einen Aspekt des Existenzialismus ging, und waren sogar nebeneinander gesessen, wie wir später feststellten. Aber wir lernten uns erst in der Halle auf Bahn 7 kennen. Vivien behauptete später, ich sei von der Bahn abgekommen und habe sie mit einer Kraulbewegung am Kopf getroffen. (Im Schlaf schlägt sie manchmal mit einer ähnlichen Kraulbewegung nach mir.) Wir strampelten im Wasser wie die Schwimmschüler jetzt vor mir, und unter Wasser beobachtete ich, wie sie den Träger ihres Badeanzugs zurechtzupfte. Ich schwamm zur Stirnseite des Beckens und verhakte meine Arme im Drahtseil der Bahnbegrenzung. Ich hoffte, sie würde sich bei der nächsten Wende unter dem Startblock ausruhen und mir Gelegenheit geben, sie anzusprechen. Aber sie schwamm weiter ihre Längen und beachtete mich nicht mehr. Später entdeckte ich sie auf den untersten Steinstufen am Beckenrand sitzend. Ich ging zu ihr hin und fragte sie, ob wir zusammengestoßen seien. Ja! Ich entschuldigte unsere ruppige Berührung mit dem hektischen Betrieb auf den Bahnen. Sie sagte, das sei schon okay, reine Übungssache. Ich entgegnete, ich sei in Übung, verliere bei diesem Verkehr nur leicht die Orientierung. So kamen wir ins Gespräch. Mit ihren langen muskulösen Beinen und ihrem trainierten Körper hätte sie auch eine Schwimmerin der Nationalmannschaft sein können. Sie trug einen schwarzen Badeanzug mit gelben Sportstreifen. Als wir entdeckten, dass wir im selben Seminar nebeneinander gesessen waren, erging es uns wie den Martins in der »Kahlen Sängerin«, wo Mr. Martin seine eigene Ehefrau fragt, ob sie sich nicht schon einmal begegnet seien, was Mrs. Martin freundlich bejaht. Er habe Manchester vor fünf Wochen in Richtung London verlassen, erklärt Mr. Martin. Auch sie habe Manchester vor fünf Wochen verlassen, sagt Mrs. Martin verdutzt. Und das geht so weiter, bis Mr. und Mrs. Martin entdecken, dass sie im selben Abteil saßen, im selben Wohnhaus, sogar im selben Apartment wohnen, ja sogar im selben Bett mit einer grünen Federdecke schlafen, bis sie sich schlussendlich erinnern, dass sie seit langem verheiratet sind. Und vielleicht war es auch so zwischen Vivien und mir, dass wir auf einmal entdeckten, dass wir verheiratet waren. Später sahen wir Ionescos Stück einmal im Burgtheater und siezten uns hinterher beim Sex als Mr. und Mrs. Martin. Auf einem Ausflug an den Neusiedlersee küssten wir uns zum ersten Mal. Das war im Frühjahr 1995. Am Vorabend hatte es geregnet, und das Gras war im Schatten noch nass. Wir schwammen zusammen zu einer Halbinsel. Vivien kraulte voraus. Die Landzunge war von Schilf umgeben. Irgendwann zog sie mich zu sich, das Seewasser prickelte auf unserer nassen, kühlen Haut, und wir küssten uns zum ersten Mal. Wieso sechsmal? Schön durchstrecken! Ausschwingen! Arme nach hinten! Und schön durchziehen! Sechsmal. Die Stimme der Schwimmlehrerin erinnert mich an Viviens helle Stimme, die sich mitunter überschlägt, wenn sie etwas los werden will, manchmal zwei Sätze auf einmal nehmend. Oder sie unterschlägt etwas, das für die Logik unverzichtbar ist, und gestikuliert dazu linkisch. Wenn ich ihr nicht richtig zuhörte, konnte sie augenblicklich verstummen. Sie verbot mir, andere Frauen anzusehen. Der Blick reichte schon. Wenn sie meinte, ich hätte eine Frau zu lange angeschaut, schlug sie mir manchmal auf den Kopf. Ihrem geistig umnachteten Vater gegenüber kam sie mir anfangs kokett und unbeherrscht vor. Zu unserer Hochzeit schenkte ich ihr ein Reagenzglas mit Donauwasser mit der Aufschrift: Für Undine. Sie nahm es entgegen als das »schönste mögliche« Geschenk. Am nächsten Tag fragte sie mich, warum ich kein zierlicheres Glas gekauft hätte, sondern eines für naturwissenschaftliche Experimente. Noch einmal! Sechsmal! Sechsmal! Ausschwingen! Arme nach hinten und schön durchstrecken! Die Erinnerung lastet auf mir, und ich muss mich aufrichten. Ich frage mich, ob sich die Schwimmer und Kinder im Becken auf ihren blauen, silbern schimmernden Bahnen auch wie Schauspieler vorkommen, so wie ich mir als unfreiwilliger Zuschauer vorkomme. Während die kleinen Knirpse hektisch am Beckenrand rudern, ängstlich oder glücklich zur Schwimmlehrerin neben dem Becken aufblickend, schwimmt ihnen in der Mitte des Beckens ein grau melierter Herr entgegen. Er wird seinen Kurs ändern müssen, wenn er einen Zusammenstoß mit den Schwimmschülern verhindern will. Er reckt seinen kostbar frisierten Kopf aus dem Wasser wie eine junge Ente. Die Kinder starren mit aufgerissenen Augen einmal nach vorne, in Richtung Aluminiumleiter, dann wieder zur Schwimmlehrerin, die ihnen Aufmunterungen mit fester Stimme zuruft. Der Alte im Wasser sieht aus wie Blake Carrington, der Patriarch der Denver-Serie. Bei seinem Anblick versuche ich mir in Erinnerung zu rufen, wie mein Vater geschwommen ist, aber in mir rastet kein Bild ein. Der Schönling schwimmt, als hätte er Anzug und Krawatte an. Gleichzeitig schwimmt er so unruhig und uneffizient, wie er sein Unternehmen draußen wohl nicht leiten könnte. Jetzt ruckeln ihm die ersten Schwimmschüler spritzend entgegen. Sie kommen mit ihren kleinen, eckig rudernden Ärmchen und Beinchen schneller voran als der Senior. Ich finde auch kein Bild mehr in mir, wie Vivien schwimmt. Wie viele mühsam erlernte Bewegungsabläufe der Alte wohl hinter sich hat – und die Kinder noch vor sich? Mir fällt ein, dass die Badeangestellten denken könnten, ich hätte Urlaub und verbringe meine Ferien zuhause, wie es immer mehr in Mode kommt. Ich weise diesen Gedanken zurück; das Urlaubsglück fordert als Kontrast einen klar abgegrenzten Alltag aus Beruf und Freizeit, den ich nicht vorzuweisen habe und den mir das Leben nicht bietet. Im Urlaub würde mir erst so richtig bewusst, wie kümmerlich ein auf den Urlaub zugeschnittenes Leben wäre. So ein Leben will ich nicht. Vivien behauptet immer, ich wolle gar nicht glücklich sein. Vielleicht hat sie Recht. Ich glaube nicht, dass die Angestellten des Bades denken, ich sei auf Urlaub. Niemand ist hier auf Urlaub. Das Hallenbad ist ein zeitloser Raum, der nicht nach den Vermögens- oder Zeitverhältnissen der Badegäste fragt. Man nimmt sich hier nicht außerhalb dieser zufälligen Zusammenkunft, nicht außerhalb eines alltäglichen Zusammenhangs wahr. Und wenn ich nicht auf Urlaub bin, was bin ich dann? Und Vivien? Sie setzt wahrscheinlich gerade auf der Autobahn zum Überholen an, während sie im vibrierenden Auto das Radio lauter dreht, um auf andere Gedanken zu kommen. Ich streiche über das Handtuch und fühle die Wärme des beheizten Steins durch den Stoff hindurch. Blake Carrington ist aus dem Wasser gestiegen und beklagt sich bei der Schwimmlehrerin, dass die Kinder so herumspritzen. Für einen Augenblick hat es den Anschein, als wären ihm die Haare durch sein wildes Gestikulieren verrutscht. Allein die Möglichkeit, der Alte könnte ein Toupet tragen, versöhnt mich mit seinem Getue wegen der Kinder. Seine widerliche Beschwerde wäre mit einem Toupet ausreichend bestraft. Und hopp! Und hopp! Und hopp! Die drahtige Schwimmlehrerin am Beckenrand lässt den grau melierten Herrn stehen und stolziert zu den Startblöcken, wo sie ihre Schwimmschüler über eine gelbe Schaumstoffstange ins Wasser köpfeln lässt. Blake Carrington geht jetzt zum Bademeister, nachdem er bei der Schwimmlehrerin nichts ausrichten konnte. Er gestikuliert wild, doch der Bademeister zuckt nur mit den Schultern und schüttelt bedächtig den Kopf. Mir gefällt die Vorstellung, in der Schwimmhalle gäbe es kein Arm und Reich und keine Klassenunterschiede, und ich hoffe, dass der Alte sein angemaßtes Privileg auf das Schwimmbecken ohne Erfolg einklagt. Er blitzt auch beim Bademeister ab. Jetzt hilft nur noch der Besitzer des Hallenbades oder der Oberste Gerichtshof. Da kommt die Schwimmlehrerin wieder an mir vorbei. Ihre Statur erinnert mich an die Figur der Mutter in Familie 1. Ich frage mich, ob die Schwimmlehrerin auch Kinder hat und ob es mit dem Vater Streit gab, als sie in ihren Beruf zurückkehren wollte. Oben auf dem Sprungturm erscheint wieder der junge Turmspringer, der seinen muskulösen Körper auf die Zehenspitzen stellt. Er wippt einige Male, streckt seine Arme, aber er springt nicht. Seine folgenlose Pose ist wie das Zeichen meines nicht existierenden Chefs, heute etwas früher Schluss machen und nach Hause gehen zu können.

Ich öffne den Reißverschluss meiner Hose und setze mich mit dem nackten Arsch auf den weichen Polster meines Drehsessels, während der Computer hochfährt. Ich warte, bis die beiden kleinen Bildschirme auf der Symbolleiste blau blinken und gebe den Namen einer Pornoseite ein. Die Links verweisen auf einige Gratisbilder: »A business lady and her assistent (from Ronny)«. Ich klicke den Link an. Die Frau trägt ein Nadelstreifkostüm mit Minirock, unter dem weiße Spitzenunterwäsche hervorschaut. Ich warte, bis sich die restlichen Bilder aufbauen. Die Bluse der Frau ist weiß und tailliert. Eine ähnliche, wie Vivien sie oft trägt. Ihr »Assistent« Ronny zieht sie von Bild zu Bild aus, zuerst die Jacke, die Bluse, den BH, dann auch das Höschen. (Der Rock wird hochgeschoben, Strapse und Schuhe behält sie an.) Auf dem nächsten Bild leckt Ronny die Frau zwischen den Beinen. Dann fällt auch der Rock. Das Bild, auf dem sie ihren Hintern und die Oberschenkel mit den weißen Strapsen in die Kamera hält, erregt mich am meisten. Ich komme leise und ohne Wellen. Ich fühle mich leer-befriedigt und schaue in die stumpfen Gesichter der Geschäftsfrau und ihres Assistenten. Unter welchen Umständen diese Bilder wohl entstanden sind, in einem Studio, oder in einem richtigen Büro? Ich stelle mir vor, wie Vivien in ihrem Büro mit ihrem Chef oder einem Bürokollegen fickt. Mich ekelt. Ich hätte gerne mit Vivien in so einem Kostüm Sex, in ihrem Büro, hier in meinem Arbeitszimmer oder im Schwimmbad. Mein Begehren hat sich in einen nervösen digitalen Puls verwandelt, der im elektronischen Gestrüpp umherirrt und endlich in einem flimmernden Netz aus Pixeln verglimmt. Ich schalte den Computer aus, streife Hose und Unterhose von den Knöcheln und gehe ins Bad. Ich lasse mir die Badewanne ein; während das Wasser läuft, suche ich einige benutzte Gläser und Tassen in der Wohnung zusammen. Im warmen Wasser liegend, starre ich auf die vielen feinen Haarrisse an der hellblauen Decke. Die Farbe haben Vivien und ich gemeinsam für die Renovierung der Wohnung ausgesucht. Vor unserer Ehe schliefen wir an allen möglichen Plätzen, auch in der Badewanne, miteinander. Da sich das Körpergewicht unter Wasser um 90 % reduziert, liegen die Körper nicht so schwer aufeinander, doch die Enge und das Geräusch des schwappenden Wassers ziehen den Sex in der Badewanne ins Lächerliche. Das Wasser, das sich zwischen den Bäuchen staut, bildet durch den Druck des Gewichts eine laut quatschende Masse. Ich frage mich, ob sich der Chlorgeruch durch das warme Wasser verstärkt oder verflüchtigt, obwohl wahrscheinlich auch heute Abend niemand meinen Chlorgeruch registrieren wird, da Vivien nicht nach Hause kommt. Ich richte mich auf und fische aus einer Tasche meiner abgelegten Hose eine Marlboro aus der zerknüllten Packung und zünde die Zigarette an. Vivien hat schon vor Jahren strengstes Rauchverbot im Badezimmer erlassen, das sie in der Folge auf immer mehr Gemeinschaftsräume ausdehnte. Ich hielt mich daran, solange unsere Lebensgemeinschaft das Wort Gemeinschaftsraum rechtfertigte. Ich tauche mit dem Kopf unter und strecke den Arm mit der Zigarette aus dem Wasser. Ich tauche wieder auf und lasse das Wasser aus, indem ich mit den Zehen meines rechten Fußes am Aluminiumknopf des Abflusses drehe. Die Zigarette ist bereits bis auf den Filter herabgebrannt, und ich habe Lust, die Glut in meinem Nabel auszudämpfen, wo sich ein kleiner See gebildet hat. Ich überlege, was ich mit der Asche und der Zigarette machen soll, dann schnippe ich sie mitsamt der sich in der Luft zerstreuenden Asche weg, einfach weg, nur weg. Der Wasserspiegel sinkt und sinkt, bis zu meinen Kniekehlen, weiter und weiter hinab. So könnte es sein, wenn einen seine Seele verlässt. Das Badewasser sinkt und sinkt, jetzt sind nur noch meine Waden vom Badewasser bedeckt. So könnte es sein, wenn das Leben aus dem Körper entweicht. Mir wird kalt. Das Wasser ist fast ausgelaufen, und ich empfinde diesen letzten verbliebenen Rest wie mein persönliches Schmutzwasser der letzten Jahre. Ich stemme mich aus der Wanne, frottiere mich ab und ziehe meinen Pyjama an. Ich kann noch nicht schlafen gehen. Im Arbeitszimmer knie ich mich vor das Bücherregal und suche die Haiku-Schachtel in der Holzkiste unter dem Regal. Ich krame mich durch allerlei Disketten und Kabel, bis ich auf die Pappschachtel stoße. Auf der Schachtel steht mit blauem Filzstift geschrieben: Haikus. Darunter: Vivien und H. (Auch das in gewisser Weise ein Haiku.) Ich öffne die Schachtel und taste blind mit den Fingern darin, als ginge es darum, ein Los zu ziehen. »Alter Teich/ Frosch springt hinein/ Wasserklang.« Dieser Haiku ist nicht von mir, er ist der vielleicht berühmteste und am häufigsten interpretierte Haiku, und ich weiß nicht, was er hier in der Kiste verloren hat. »Schwarze Wolken in Hirn/ Deine Stimme/ Samtenes Kissen«. Dieser Haiku stimmt zwar nicht in den vorgeschriebenen Silben (5/7/5), aber er stammt von mir. Einer meiner frühen Haikus, wann habe ich ihn geschrieben? »Er ist zurück/ spatzengleich mein Leben/ bleibt ans Rad geflochten.« Diesen Haiku habe ich nach einer Berlin-Reise geschrieben, ich erinnere mich. Ich lese ihn mir noch einmal laut vor, obwohl man einen Haiku eigentlich nur einmal laut lesen sollte. Ich versuche mir vorzustellen, wie ich ans Rad geflochten in Spatzengestalt aussehe. Und doch. Damals gab es diese kurzen Briefchen, Notizen und Haikus, die uns zusammenfalteten. Ich knülle den Zettel schnell zusammen, verschließe die Schachtel und drücke sie wieder unter die schwarzen Kabel, die die Schachtel wie eine Fessel umschlingen. Früher mochte Vivien meine Haikus. Sie selbst schrieb keine oder wenige, meist nur den verknappten: »Du/ Haiku/ Wo?« Meine auf der Kredenz zurückgelassenen Haikus hatten sie einst freundlich empfangen, nach diesen Tagen, wenn Vivien in der Nacht wie kalter Rauch aus dem Büro oder einem Restaurant in die Wohnung zurückgeströmt war, aufgelöst in der Geschäftigkeit von Projekten. Ich halte diese Erinnerung heute Abend nicht aus, ich selbst gefesselt wie die Schachtel, und lege mich schlafen. Die Walbücher auf dem Nachtkästchen bleiben heute zugeklappt.

In der Nacht hörte ich sie ins Schlafzimmer schleichen, doch als ich am Morgen erwache, hat sie die Wohnung bereits wieder verlassen. Ich durchforste die Räume nach Spuren oder Botschaften und finde in meinem Arbeitszimmer auf dem Schreibtisch einen Zigarettenstummel, der auf einem Zettel liegt: »Rauchen im Badezimmer strengstens verboten! Vivien«. Ich lese den Satz wie einen ihrer seltenen Haikus.

Das Gespräch der beiden Männer hallt durch die Reihen der Spindkästen, und ich muss unwillkürlich zuhören, während ich mich vor dem Spind 367 umziehe. Sie beanspruchen den Platz von sieben Spinden für ihre ausgestreuten Badeutensilien. Der eine sagt: Ich als Lokalbesitzer würde mir das nicht gefallen lassen, während er sich seine Badehose herunterzieht. Der andere sagt: Ich auch nicht. Ich habe wohl das Recht, in mein Lokal reinzulassen, wen ich will, oder? Wo kommen wir da hin, sagt wieder der erste und rubbelt sich sein Geschlecht ab. Dann heißt es irgendwann, man muss die Speisekarten auf Türkisch oder Jugoslawisch schreiben. Einen Betrunkenen kann ich ja auch hinauswerfen, da kann ich wohl so einem Drogenneger die Tür weisen. Der erste versucht jetzt, in seine Unterhose zu steigen, doch er trifft mit den Zehen nicht das richtige Loch und versucht es noch einmal. Der andere sagt: Aber die sind ja alle gleich, und zieht sich den Reißverschluss seiner Jeans zu. Die machen ihre linken EU-Gesetze, da richten die Freiheitlichen auch nichts aus. Der erste sagt: Die unterschreiben diese Gesetze auch noch, während er sein Geschlecht in der Unterhose verteilt. Wenn die beiden nach Hause kommen, schalten sie sicher den Computer ein und schauen sich im Internet Pornoseiten mit Afrikanern an, die sie um ihre langen Schwänze beneiden. Jeder von ihnen beansprucht den Platz von fünf Spindkästen für sich und ich zische ihnen innerlich zu: Seid froh, dass ihr keine Tiefsee-Anglerfische seid! Wenn ein Männchen ein Tiefsee-Anglerfisch-Weibchen befruchtet, hakt es seinen Körper an dem des Weibchens fest. Nach einiger Zeit zerfällt das Männchen zu einem Spermabeutel, der die Eier des Weibchens mit Samen versorgt. Ich flüchte von der Garderobe hinauf in die Schwimmhalle. Mein Stammplatz in der Mitte der Steingalerie ist frei, und ich lege mich hin, um vielleicht etwas Schlaf nachzuholen und das unerfreuliche Erlebnis an den Spinden zu vergessen. SCHÜR-

ZENJÄGER SCHÜRZENJÄGER SCHÜRZENJÄGER SCHÜRZENJÄGER SCHÜRZENJÄGER Die Werbung für eine Volksmusikband und die blinkenden roten Leuchtdioden der Anzeigentafel verkoppeln mich wieder mit der Wirklichkeit. Ich hatte einen Traum mit vorbeiziehenden Bildern von Vivien und von Anglerfischen mit ihren Lichtern am Kopf. Ich ertappe mich im Zustand des Übergangs von der Realität des Traums in die Wirklichkeit bei dem Wunsch, Vivien ihren Beruf zu verbieten. Ich stelle mir vor, wie Vivien eines Nachts nach Hause kommt und ihren Büropanzer ablegt, während ich ihr eröffne, dass ich ihr künftighin ihren Beruf verbiete, so als wäre ich der Patriarch einer Großfamilie im 19. Jahrhundert. Ich stelle mir ihr Gesicht dabei vor. Aber ich wüsste gar nicht, wann ich das Verbot aussprechen sollte, weil Vivien ohnedies nie zuhause ist. Und die Form des Haikus eignet sich nicht für Verbote. Ich unterdrücke meinen plötzlichen Drang, mir die Hände zu waschen, weil ich gerade so angenehm liege, gleichzeitig erinnere ich mich an meine Händewaschmanie, als Vivien und ich uns kennen lernten. Ich war ständig damit beschäftigt, diesen Waschzwang vor Vivien geheim zu halten, denn ich wusch mir täglich sicher hundert Mal die Hände. Der Zwang war am heftigsten beim Umblättern eines Heidegger-Werkes, während ich an meiner Diplomarbeit schrieb. So als wäre Heidegger etwas Schmutziges oder als litten jene Leser, die das Heidegger-Buch entliehen hatten, an einer ansteckenden Krankheit. Wenn ich öffentliche Verkehrsmittel benutzte, trug ich Handschuhe auch im Sommer, was dazu führte, dass ich Ausschläge und Bläschen zwischen den Fingern bekam. Als ich mit einem befreundeten Biologen über meinen Waschzwang sprach, zeigte er mir Proben des Wiener Trinkwassers und erklärte mir, wie viele Bakterien und Kleinsttiere in einem Liter Trinkwasser leben. Unter dem Mikroskop sah man hunderttausende Bakterien. Ich musste kotzen, doch danach legte sich mein Waschzwang. Auf der Rampe des Zehn-Meter-Bretts stehen jetzt zwei kleine Buben, die herüber zur Galerie schauen. Zwei Reihen unter mir sitzen ein Mann und eine Frau auf der Steingalerie. Sie winken den Buben auf der Rampe und machen groteske Gesten, mit denen sie die Buben zum Hinunterspringen ermuntern wollen. Der erste läuft an und springt mit Verrenkungen hinunter in die Tiefe, doch die Erwachsenen beachten den tollen Sprung kaum und richten ihren Blick schnell wieder nach oben. Dort steht jetzt offensichtlich ihr Sohn. Die Erwachsenen unter mir gestikulieren wild und schreien, über die ganze Breite des Beckens hinweg, hinauf zum Zehn-Meter-Turm: Spring! Spring doch! Der kleine Junge trippelt vorsichtig zum Rand der Rampe und schaut skeptisch in die Tiefe. Die Eltern beobachten ihren Jungen grimmig. Jetzt springt der vermeintliche Vater von seinem Sitz auf und macht dem Jungen am Beckenrand eine Kerze vor. Er presst seine Arme seitlich fest an den Körper und macht kleine Sprünge vorwärts. So! So! Schau! Spring so! Dann setzt er sich mit rotem Schädel wieder neben seine Frau. Sie blicken mit zähnefletschender Freundlichkeit nach oben. Der Junge schüttelt den Kopf und weicht vorsichtig nach hinten zurück. Ich möchte nicht an seiner Stelle sein. Der Vater schreit jetzt wieder nach oben: Nimm das Siebener! Das Siebener! Der Junge achtet nicht auf die Zurufe und steigt kopfschüttelnd die Treppe des Sprungturms nach unten. Die Eltern sind sprachlos. Ich bin begeistert, dass die Angst des Jungen über seinen Elterngehorsam gesiegt hat. Ich würde dem Jungen gerne applaudieren, doch die Eltern empfänden diese Geste vielleicht als Zynismus oder Spott. Und ich will keine Auseinandersetzung. KEINE RANDSPRÜNGE KEINE RANDSPRÜNGE KEINE RANDSPRÜNGE KEINE RANDSPRÜNGE Vivien hat im Gegensatz zu mir den Mut, auch aus großen Höhen ins Wasser zu springen. Sogar von Riffen oder Klippen wie in jener Acapulco-Fernsehwerbung, wo ein schöner, muskulöser Mann von einer gefährlichen Klippe zwischen den Felsen ins schäumende Meer köpfelt. Am Ende des Werbespots wird behauptet, dass sich das Acapulco-Duschgel genauso anfühle wie ein gefährlicher Sprung von der Klippe. Ich verwende lieber eine Olivenseife. Nachdem wir ineinander geschwommen waren, kamen wir ins Gespräch über unsere Arbeiten. Während mir Vivien Fouqués Version des Undine-Stoffs erzählte, stellte ich erschüttert fest, dass ich überhaupt keine Lust mehr hatte, über Heidegger zu reden. Laut Fouqué kam Undine vom Mond. Vivien hob ihre Stimme unangenehm beim Erzählen. Ich kannte den Undine-Stoff von der Meerfrau, die bei ihren Zieheltern, armen Fischersleuten, aufwächst und einen Ritter verführt und durch die Heirat mit ihm eine menschliche Seele erlangt. Heute erscheint mir das Ende der Geschichte wie ein drohender Hinweis auf unsere eigene zukünftige Ehe, denn als der Ritter bemerkt, dass Undine mit Wassermächten im Bunde steht, verstößt er sie und heiratet Bertalda, die leibliche Tochter der Zieheltern. Nur scheint mir die Rollenverteilung nicht mehr zu stimmen, denn ich weiß nicht, wer von uns beiden der Ritter und wer Undine war oder ist. Zumindest tröstet mich das Ende der Undine-Geschichte insofern, als sich Undine für die unrechtmäßige Ehe mit der Nebenbuhlerin an dem Ritter rächt und ihn zu Tode küsst. Am Ende umarmt Undine das Grab des Ritters Huldbrand in Form eines Rinnsals, das sich um das Grab bildet. Wir diskutierten über die kitschige Vorstellung des Liebestodes bei Fouqué und stellten uns vor, wie der Sex zwischen dem Skelett eines Ritters und einem kleinen Bächlein aussehen könnte. Ich erinnere mich, wie Vivien plötzlich wortlos aufstand und vom Beckenrand ins Wasser köpfelte. Ich rief ihr nach, Randsprünge seien verboten, doch sie war schon unter Wasser. Der Bademeister pfiff in seine Trillerpfeife. Als Vivien auftauchte, schwamm sie zum Beckenrand, lehnte ihre Arme auf das Aluminiumgitter, in das das Wasser schwappte, und sagte: Komm! Komm! Ich antwortete: Der Bademeister hat dich gesehen! Er schmeißt uns hinaus! Vivien schüttelte den Kopf. Komm! Nur einmal. Komm! Ich blickte zum Bademeister und wartete, bis er wegschaute, dann nahm ich Anlauf und sprang über Viviens Kopf hinweg ins Wasser. Während wir uns abtrockneten, erläuterte Vivien ihre Exegese des Frauenbilds bei Fouqué und Goethe, und redete über all das, worüber man redet, um einander auszuweichen: Undine sei Opfer des männlichen Beseelungswillens. Sie werde nur durch den Mann ein Individuum als Objekt männlicher Herrschaft. Dann kam sie mit Adorno und Horkheimer, und dass jedes Subjekt nicht nur bei der Unterjochung der äußeren Natur, der menschlichen und nichtmenschlichen, mitwirke, sondern sich auch selber unterjochen müsse. Mir erschien diese Hermeneutik banal, doch ich wollte nicht mit ihr diskutieren, da in mir ein Begehren aufkeimte, das über Adorno und Horkheimer hinauswies. Ich wusste auch nicht, was Adorno und Horkheimer auf uns bezogen bedeuten sollten. Sollte ich meine Triebe nun unterdrücken oder nicht? Diese Unsicherheit wurde ich gegenüber Vivien nie wieder los. KEINE RANDSPRÜNGE KEINE RANDSPRÜNGE KEINE RANDSPRÜNGE KEINE RANDSPRÜNGE Draußen beginnt es bereits zu dämmern und die großflächigen Fenster in den orangefarbenen Metallverstrebungen der Decke schimmern wie Milchglas. Ich würde heute gerne als Letzter aus dem Wasser steigen und beschließe, bis zum Badeschluss zu bleiben. Undine hinterließ Spuren bei Vivien. Sie verlangte ausnahmslose Treue von mir. Genauso unerträglich war ihr Grün-Tick. Sie glaubte, es gäbe noch einen Weg zurück zur Natur. Wir kamen einmal ins Streiten, als ich ihr vorrechnete, dass im Jahr 2040 die Meere ausgefischt seien und die Zukunft in der Aquakultur liege, der großtechnischen Nahrungsherstellung in Meeresfarmen. Das Aquarium sei der Raum der Zukunft. Die Menschen würden in künstlichen Biosphären leben wie in Terrarien, und die Speisefische würde man in gigantischen Meeresfarmen züchten. Vivien hatte aus meiner Rede einen Unterton von Technik-Begeisterung heraushören wollen. Ich ärgerte mich und entgegnete ihr, als Mitteleuropäer würde ich so viel Energie wie 20.000 Afghanen verbrauchen, dabei hätte ich gar kein Auto. An meiner Barbarei gebe es nichts zu zivilisieren. In ihren Augen war ich ein Zyniker. KEINE RANDSPRÜNGE KEINE RANDSPRÜNGE KEINE RANDSPRÜNGE KEINE RANDSPRÜNGE Auch unsere gemeinsamen Reisen standen im Schatten dieser Divergenz: Ich verreiste nur Vivien zuliebe, denn ich bin kein Reisemensch, schon gar kein Zeltfreund. Unterwegs wollte Vivien immer im Freien übernachten, im Wald unter freiem Himmel oder im Zelt. Ich bin eher der Hotelmensch. Ich mag abgeschlossene Räume, Fenster und Türen am liebsten geschlossen. Ich schätze gerade die künstliche Abgekapseltheit von Räumen. Ich lese gerne naturkundliche Bücher über Tiere, Algen und Fische, aber ich esse sie auch gerne. Ich möchte mich nicht mit ihnen identifizieren und so leben wie ein Tier. Ich möchte nicht im Wald leben. Mich interessieren die Geheimnisse der Natur auf dem Papier. Ich muss nicht unbedingt eintauchen in das Geheimnis der Natur. KEINE RANDSPRÜNGE KEINE RANDSPRÜNGE KEINE RANDSPRÜNGE KEINE RANDSPRÜNGE Die Anzeigentafel blinkt in feierabendlicher Trägheit. Die Schwimmbahnen leeren sich allmählich und das künstliche Neonlicht bringt die Körper der Schwimmer im Wasser zum Glänzen. Auf Bahn 3 krault eine Schwimmerin in einem türkisen Badeanzug, die sich unentwegt um die eigene Achse dreht, vom Kraulstil in die Rückenlage und wieder in den Kraulstil und so fort. Ihre Bewegungen erscheinen überhaupt nicht mehr menschlich. Ich verfolge ihre aufwellende Spur im Wasser. Ich würde mich jetzt gerne in einen Delfin verwandeln und mit ihr im Wasser spielen. Andererseits müsste ich dann auch den Walen bei ihrer Geburt helfen, denn es heißt, Delfine seien die Hebammen der Wale. Man hat Delfine dabei beobachtet, wie sie Waljunge für den ersten Atemzug an die Wasseroberfläche bugsieren. Vielleicht helfen sie deshalb manchmal Ertrinkenden, weil sie sie für Waljunge halten? Andererseits widerlegen jüngste Studien das Bild vom liebenswerten Delfin: Sie attackieren auch Menschen und verüben in seltenen Fällen Selbstmord, was sie mir nicht unsympathisch macht. Versuche haben nachgewiesen, dass Delfine in der Lage sind, ihr Spiegelbild zu erkennen. Die alten Griechen glaubten, Delfine seien über Bord gegangene Seeleute, die sich in Boten der Götter verwandelt hätten. Deswegen war das Töten von Delfinen Frevel an den Göttern. Ich schaue der Schwimmerin nach und frage mich, ob ich gerne mit ihr schlafen würde. Dann stehe ich auf, schüttle mein Handtuch aus und verlasse die Halle.

Auf dem Anrufbeantworter finde ich eine Nachricht von Vivien: Sie übernachte heute doch in Genf, da die Beratungen mit den Chefs aus Deutschland noch zu keinem Ergebnis geführt hätten. Ich springe in die Küche und fische aus der Kredenz die Schachtel mit den Nylonsäcken. Ich befülle fünf von den Jausensäckchen mit Wasser und schiebe sie in das Eisfach zwischen gefrorenes Brot und Tiefkühlgemüse. Ich lege mich auf die Couchund verfolge die Mutationen der rosa und gelb durchsetzten Wolkenfäden vor dem dunkelnden, violetten Himmel, als wären sie meine Abendnachrichten. Das Liegen wird mir unangenehm, und ich stehe auf, um eine CD in den CD-Player zu legen. Während Bob Dylans Song »Mama« läuft, rauche ich am Fenster stehend eine Zigarette und blicke durch die ungeputzten Fenster in Richtung Wiener Wald. Am Horizont zeichnet sich ein Spektrum künstlicher Zuckerfarben ab, an dessen Rand das satte Violett nahtlos in die schwarze Dunkelheit übergeht. Während ich den Song höre, erinnere ich mich an einen Haiku, den ich für Vivien geschrieben habe: »I wanna fly/ with you and you/ will be my plane«. Ich schalte den CD-Player aus und drehe alle Lichter in der Wohnung an. Ich setze mich auf die Couch und denke an den Jungen, der seinen Eltern den Sprung vom Zehn-Meter-Brett verweigerte. Wahrscheinlich schläft er schon. Vielleicht gab es Ärger zuhause, weil er den Sprung verweigerte? Vorwürfe, er hätte sich ein Beispiel an seinem Freund nehmen sollen, der auch gesprungen sei, und warum nicht er? Vielleicht war aber auch alles bald vergessen, und der Vater sagte: Dann eben das nächste Mal. Ich stehe wieder auf und schlurfe ins Arbeitszimmer. Während der Computer hochfährt, hole ich mir eine Flasche Wein aus der Küche. Dann lege ich meine Ozean-CD ein. Mit dem Ozeannavigator kann ich umherschweifen, wohin ich will. Die CD war eines von Viviens gelungeneren Geschenken. »Der Ozeannavigator nimmt dich mit zu den größten Meeren, Seen und Buchten der Erde. Wähle über den roten oder den grünen Pfeil das Gewässer, das du bereisen willst. Klicke dann auf GEHE ZU!« Ich fahre zuerst ans Schwarze Meer und fliege dann in die Karibik. Dann geht es ans Kaspische Meer, das eigentlich kein Meer ist, sondern der größte abflusslose See der Erde. Auch das Tote Meer ist kein Meer, sondern ein Salzsee. Es liegt 392 Meter unter dem Meeresspiegel. Ich frage mich, welche Leute ihre Hochzeitsreise am Toten Meer verbringen. Ich reise weiter zur Korallensee, wo es ein »Korallenriff zum Selbermachen« gibt. Zuerst baue ich mir ein Geschwader aus Haien. Ins linke Eck setze ich noch einen Anemonenfisch, der sich zwischen den Tentakeln der Korallen vor den Haien versteckt. Den finden die Haie nie! Beim Quiz schwimmt ein Junge im Meer und reckt seine Arme grotesk aus dem Wasser, während er mit einer hellen, blechernen Stimme um Hilfe ruft. Aus den vier Ecken rücken Haifischflossen immer bedrohlicher näher, der Junge schreit verzweifelt. Nur wenn ich eine Quizfrage richtig beantworte, beruhigt er sich für einige Sekunden. »Welches dieser Tiere ist mit dem Blauflecken-Stechrochen nahe verwandt? Der Hai, das Seepferdchen oder die Qualle?« Ich klicke den Hai an, und es ertönt die hohe, scheppernde Stimme des Knaben: JA! Doch lange hält die Freude nicht an, die Haiflossen rücken näher, und der Junge schreit wieder verzweifelt um Hilfe. Wir müssen Zeit gewinnen. Ich beantworte auch die folgenden Fragen richtig, und nach der letzten ertönt auf einmal ein lautes Motorengeräusch. Ein Bildschirmfenster öffnet sich: »Gerettet. Das hast du gut gemacht: Du hast den Jungen gerettet und das Rettungsboot hat ihn mitgenommen.« Ich klicke zum anderen Quiz, wo man einen kleinen Anemonenfisch in einem Riff vor Haien retten muss, aber es gelingt mir nicht. Ich verliere, und der Fisch wird vor meinen Augen von den Haien aufgefressen. Außerdem enthält das Quiz falsche Informationen: »Welches

Lebewesen heißt laut seinem griechischen Namen das Umherirrende?« Ich weigere mich, Plankton anzuklicken, denn die Übersetzung der Programmierer für das Wort πλαγκτός mit »das Umherirrende« ist falsch und erscheint mir barbarisch. Es muss vielmehr heißen: »das Umherschweifende«. Ich würde mich nicht gerne als der »Umherirrende« bezeichnet wissen.

Am Morgen lege ich mich nach schwerem Schlaf in die Badewanne. Ich bleibe liegen, bis das Wasser auskühlt. Dann hole ich die gefrorenen Nylonsäcke und das Salz. Ich pule die kleinen Eisberge aus dem Plastik, streue das Salz in die Wanne und lege mich in mein selbstgemachtes Polarmeer. Ich drapiere die Eisberge über meinem Nabel und zwischen meine Schenkel. Ich stelle mir vor, ich wäre ein Glattwal und tauchte unter den Eisbergen hindurch. Ein Wal kann bis zu 8 Monate lang ohne Nahrung auskommen. Er kann im Gegensatz zur menschlichen Spezies seinen Herzschlag bewusst verlangsamen und 2 Stunden die Luft anhalten. Ich tauche mit dem Kopf unter und halte die Luft an. Mehr als 30 Sekunden schaffe ich nicht. Das Wasser wird zunehmend kälter, während die Eisberge abschmelzen. Meine Haut verhärtet sich, und ich nehme die Kälte nicht mehr wahr. Während ich die schmelzenden Eisberge betrachte, frage ich mich, ob es möglich wäre, auf diese Weise Selbstmord zu begehen. Es wäre origineller und eleganter als ein Tod durch Gas oder Erhängen. Durch das Salz sinken die Eisberge nicht so tief ins Wasser ein, ich tauche unter und imitiere den Gesang eines Wals oder das Geräusch, das ich mir darunter vorstelle. Ich komme mir lächerlich vor und stemme meinen Körper aus dem Wasser. Die Haut an Fingern und Zehen ist vom kalten Wasser aufgeweicht und verschrumpelt, aber ich fühle eine kühle Frische auf der Haut. Hätte ich die Möglichkeit, würde ich die Existenz eines Bartenwals allen anderen vorziehen, da er der Wanderer unter den Walen ist und zwischen den eisig polaren und den tropisch warmen Gewässern hin- und herwandert. Ich stelle ihn mir auf ewiger, aber zufriedener Wanderschaft vor, doch nach welchen Entschlüssen wechselt er die Gewässer? Ist er ein melancholischer Wanderer im Gegensatz zum Brydewal, der nur kurze, spontane Wanderungen unternimmt? Ich springe vor dem Spiegel auf und ab, um mich aufzuwärmen. Wenn die Wale springen, katapultieren sie ihren tonnenschweren Körper aus dem Wasser, wie die Orcas oder Schwertwale beim Spähhüpfen. Die Schwertwale können ihren Kopf bis zu einer Minute über Wasser halten und das Meer einige Kilometer überblicken, um nach anderen Artgenossen Ausschau zu halten. Dann tauchen sie wieder ab. Als ich zwischen den Zimmern umherschweife, höre ich mir einen Song im Radio an. Der Sänger singt auf Deutsch, dass ab heute wieder einer mehr auf seiner ganz persönlichen Liste stehe. Während mich die Musik berieselt, betrachte ich die Spur meiner nassen Fußsohlen auf dem Dielenboden im Korridor. Ich habe keine Ahnung, von welcher ganz persönlichen Liste der Sänger singt. Der Moderator verkündet jetzt, dass das Lied in der letzten Woche auf Platz 7 der Charts vorgerückt sei, dann moderiert er den nächsten Song ein. Ich drehe das Radio ab, ziehe mich an und verlasse das Haus. Draußen schlägt mir die frische, kühle Herbstluft ins Gesicht. Es riecht schon nach Schnee, und obwohl mir die winterliche Vorahnung keine Angst macht, freue ich mich auf die Wärme des Hallenbades, die mich wie der Blubber des Glattwals einhüllen wird.

Gegenüber dem Eingang der Schwimmhalle herrscht ein ungewöhnlicher Aufruhr. Ich wechsle die Straßenseite. Ein junger Mann liegt verkrampft auf dem nassen Asphalt, über ihn gebückt ein Mann und eine Frau, ein Paar vielleicht. Der Mann am Boden hat augenscheinlich einen epileptischen Anfall, auf seinem Gesicht spiegelt sich der grotesk glückliche Gesichtsausdruck, den man mitunter bei Blinden beobachten kann. Der Passant streichelt dem Mann die Hände, die Frau hält ihre Hand unter den zuckenden Kopf des Epileptikers, damit er nicht auf dem Asphalt aufschlägt. Der Umgang der beiden mit dem Mann wirkt so professionell, als hätte der Epileptiker immer diese beiden Passanten bei sich, die ihm bei einem Anfall beistehen. Eine ältere Frau kommt hinzu und verspricht, eine weiche Unterlage zu bringen. Die Passanten könnten durch ein Verhaltensstudium der Zahnwale noch etwas dazulernen. Wären sie Zahnwale im Meeres-Habitat, würden sie sich zu dem Epileptiker dazulegen. Pottwale setzen mitunter sogar ihr eigenes Leben aufs Spiel, wenn sich einer ihrer Artgenossen in Lebensgefahr befindet. Wenn ein Pottwal harpuniert wurde, bleiben seine Artgenossen in seiner Nähe und versuchen ihn zu verteidigen oder die Harpunierleine zu zerreißen. Wäre ich ein gestrandeter Wal im Hallenbad, würden sich meine Artgenossen zu mir auf die Steinstufen legen, denn ein Wal strandet selten allein, meist in Schulen, manchmal sogar in Massen. Forscher glauben, dass die Mitglieder der Schule die Notsignale des kranken oder verletzten Tieres empfangen und dann zur Hilfe herbeischwimmen. So stranden sie ebenfalls. Ich möchte aber nicht, dass sich jemand in der Annahme zu mir legt, ich sei gestrandet, denn eigentlich fühle ich mich nicht als Gestrandeter.

Nach dem Abendessen fische ich das eingeschweißte Tiefkühlgemüse aus dem Gefrierfach, schütte es in das Nudelsieb und lasse Wasser ins Waschbecken. Beim Abfließen des Wassers stelle ich mir vor, das Sieb wären die Barten eines Blauwals, an denen das Gemüse wie der Krill hängen bleibt. Die Barten der Wale funktionieren genauso wie das Sieb. Sie hängen im Maul wie ein Perlenschnur-Vorhang, an dem die Nahrung hängen bleibt und durch das Meerwasser nach draußen gepresst wird. Auf dem trübseligen Nachhauseweg erinnerte ich mich heute an mein Sichtungsbuch, das ich als Schüler in den Schulferien angelegt hatte. Nachdem ich keine Wale am Strand von Jesolo oder Rhodos gesichtet hatte, erklärte ich kurzerhand herrenlose Wasserbälle zu den Avataren meiner Wale und hielt nach ihnen an der Küste Ausschau. Nach dem Abwasch setze ich mich auf die Couch, trinke Wein, rauche und betrachte in meinem Buch über Wale das Zooplankton, von dem ein ausgewachsener Wal bis zu 8 Tonnen täglich fischt. Unter dem Mikroskop betrachtet ähnelt das Plankton Maikäfern. Ich frage mich, wie lange es dauern würde, bis mich ein Pottwal verdaut hätte. Ich verstehe das biblische Bild von Jonas als Urwunsch des Menschen, im Inneren eines anderen Lebewesens durch die Welt getragen zu werden. Durch die Lektüre meiner meereskundlichen Bücher fühle ich mich – in Übereinstimmung mit Leonardo da Vincis trauriger Feststellung, der Mensch könne nur das wirklich lieben oder hassen, was er vollkommen verstehe – der Natur viel verbundener, als wenn ich das Polarmeer mit unstillbarer, touristischer Neugierde heimsuchen würde: Das Verständnis verwandelt sich in Liebe und umgekehrt. Die Feldforscher sind mir nicht weniger suspekt als die Whale Watcher, denn von der Erforschung und Aufnahme der Sprache der Wale ist es nur ein kurzer Schritt zum Verkaufsschlager der Walgesänge auf CD. Ich bin auch nicht der Meinung, dass die Natur dem künstlichen Leben überlegen ist. Die Vorstellung vom künstlichen Menschen ängstigt mich nicht. Man hätte eine künstliche Matrix, in der man sich frei bewegen könnte. Ich würde auf meiner eigenen, selbst entworfenen Oberfläche schwimmen, mein Zooplankton milliardenfach in die Matrix setzen und mit offenem Maul durch mein Inneres hindurchfischen und die Pixel meiner reproduzierten Atome abseihen wie das Sieb das Gemüse. In meiner eigenen, artifiziellen Welt könnte ich mich hundertfach klonen, mir Spielgefährten und Feinde, Fressgefährten und Untergebene erschaffen, die alle auf meiner Matrix durch mich hindurchschwimmen würden, als gäbe es nichts außerhalb meiner selbst. Ich könnte in ein außernatürliches Stadium eintreten, wo auch mein eigener Tod nur eine Kopie meiner Vorstellungswelt wäre, könnte übergehen in eine vervielfachte Dimension, in der ich mir nicht unentwegt meine Einmaligkeit und Unaustauschbarkeit oder meine verlorene Unmittelbarkeit vorhalten müsste. Alles könnte kontrolliert und gesteuert sein, von mir und durch mich hindurch. Ich will mich endgültig zerstreuen, nicht für einen Augenblick der Unterhaltung, sondern meine Existenz in alle künstlichen Winde meiner Matrix zerstreuen und vervielfachen. Das Geräusch des auf den Boden klatschenden Walbuchs, das von meinem Bauch gerutscht sein muss, reißt mich aus meinem Dämmerschlaf. Ich hebe das Buch auf und wische den Staub vom Urwal aus dem Tertiär mit seinem Blubber im Querschnitt, der ihn für die unendliche Kälte des Polareismeeres gewärmt hat.

Vor dem Entree des Hallenbades steht eine Menschentraube, die ich schon von weitem ausmache. Bereits auf dem Weg zum Hallenbad hatte ich einen ungewohnten Verkehr und Zuzug von Passanten in Richtung Schwimmhalle bemerkt. Als sich die Menschenmenge in Richtung Eingang schiebt, bin ich auf einmal umringt von 2 Meter großen Männern in blauen Trainingsanzügen mit der Aufschrift SVERIGE auf dem Rücken. Ich dränge mit ihnen durch den Eingang, bis mich jemand fragt, zu welchem Nationalteam ich gehöre. Obwohl ich mich geschmeichelt fühle, möchte ich keinem Nationalteam zugeordnet werden. Als ich nicht antworte, meldet der Türsteher, die Halle sei für Zuseher erst ab 18 Uhr geöffnet. Ich gehe zur Kassa und frage, ob heute tatsächlich kein Schwimmbetrieb sei, und warum. Die Kassiererin deutet gelangweilt auf eine Tafel, auf der mit Filzstift geschrieben steht:

Heute nicht Badebetrieb
Wegen Internationaler Schwimmwettkampf
Normale Badebetrieb ab morgen

Ich bin entrüstet und weiß nicht, wohin ich soll. Da fällt mir das Haus des Meeres ein, das ich in meiner Studienzeit so oft besucht habe.

Unter einer der hervorstehenden, halbrunden Betonzungen, von denen die Flakgeschütze der Fliegerabwehr in den verlorenen Himmel schossen, steht in großen Lettern:

ZERSCHMETTERT IN STÜCKE

(Im Frieden der Nacht)

Ich überlege, ob es sich beim Wort »Zerschmettert« um einen Imperativ oder um ein Partizip II handelt. Da der Flakturm im Esterházypark, in dem das Haus des Meeres untergebracht ist, noch nicht zerschmettert wurde, interpretiere ich die Sentenz als Aufforderung: ich und meine Gefährten mögen das, was wir zerschmettern möchten, im Frieden der Nacht zerschmettern. Der Flakturm ist aber nicht so ohne weiteres zu zerschmettern, da er ohne Beschädigung der umliegenden Häuser nicht zu sprengen wäre. Außerdem bin ich mir nicht sicher, ob ein Flakturm nicht besser bei Tag und im Rahmen einer feierlichen Zeremonie gesprengt werden sollte, falls es machbar wäre. Auf der sonnigen Westseite des Flakturms ist ein Kinn aus Glas und grünen Metallverstrebungen angestückelt, in dem der so genannte Dschungelbereich des Hauses des Meeres untergebracht ist. In einem Container gegenüber liegt der unterirdische Eingang zum alten Luftschutzbunker des Esterházyparks, in dem ein Foltermuseum eingerichtet wurde. Ich lasse mich von meinem ursprünglichen Weg abbringen und steige die Stufen zum Foltermuseum hinab. Die einzelnen Stufen sind mit roten Farbklecksen bemalt. Ich stelle mir die imitierten Blutflecken auf den Stufen zum Beckenbereich im Hallenbad vor, aber der intendierte Grusel würde dort wahrscheinlich nicht funktionieren oder die Badegäste nur verärgern. Mir beginnt das Hallenbad zu fehlen. Die alte Eisentür des Luftschutzkellers ist noch im Originalzustand erhalten. Über dem niedrigen Zugang zum Entlüftungsraum steht:

GASSCHLEUSE - NICHT STEHEN BLEIBEN

Aus den Texttafeln der Ausstellung geht hervor, dass die Insassen im Luftschutzbunker am 12. März 45 von siedendem Wasser gekocht wurden, das aus den geplatzten Leitungen der Belüftungsanlage geschossen war. Der nahe Philippshof wurde bei diesem Luftangriff vollständig zerstört. Aus einem offenen Nebenraum des Foltermuseums hört man Bomben detonieren und den darauf folgenden Fliegeralarm. Eine Texttafel kündigt den Raum an, in dem man einen Bombenalarm akustisch originalgetreu rekonstruiert habe. Daneben hängt eine Zeitungsannonce aus der Kriegszeit, die für »Baby-Gasbettchen« wirbt: eine junge Frau mit Stöckelschuhen, kurzem Rock und Gasmaske überquert eine Straße. Im Arm hält sie das Baby, das in einem Metallbehälter eingebettet liegt, der wie ein Sarg aussieht. Über einen langen Schlauch, der aus einem Sauerstoffbehälter am Rücken der Frau in das Gasbettchen führt, wird dem Baby Frischluft zugeführt.

GASBETTCHEN FÜR SÄUGLINGE UND LIEGEKINDER [im ersten Lebensjahr] SCHÜTZT GEGEN SÄMTLICHE CHEMISCHE KAMPFSTOFFE [schützt nicht gegen Leuchtgas]

Bei einer Tafel mit den verordneten Verhaltensmaßregeln im Bunker steht: »Kinder sind mit Spielzeug abzulenken.« Das nächste Ausstellungsstück zeigt die »deutsche Volksgasmaske für alle deutschen Volksgenossen«. Im nächsten Raum ist eine von Amnesty International verantwortete Ausstellung über Kindersoldaten in Afrika zu sehen. An der Stirnseite des Raumes liegt ein kleiner Sarg. Ich werde neugierig und möchte wissen, ob eine Leiche oder ein Skelett im Inneren des Kindersargs liegt. Einen Teddybären habe ich nicht erwartet. An der Stirnseite über dem Sarg steht in roten Druckbuchstaben:

HAST DU GETÖTET - Nein!

HAST DU EIN GEWEHR GEHABT? Ja!

HAST DU GEZIELT? Ja!

HAST DU ABGEDRÜCKT? Ja!

Unter einer Glasvitrine an der Wand gegenüber liegen einige aufgeschraubte Handys und ein goldener Ring mit Diamanten. Eine Texttafel erklärt, dass der Krieg im Kongo wegen Diamanten und den für Handys und Transistoren nötigen Rohstoffen wie Coltan geführt wird. Über 500.000 Kinder seien in den bewaffneten Konflikten der letzten Jahre als Kindersoldaten missbraucht worden. Aus dem Nebenraum dringt immer wieder das Geheul der Sirenen aus dem 2. Weltkrieg und das markerschütternde Geräusch detonierender Fliegerbomben. Ich sehne mich nach den Wassergeräuschen im Hallenbad und überlege, ob ich mir für solche Sperrtage wie heute ein alternatives Habitat suchen soll. Endlich betrete ich die eigentliche Ausstellung zur Geschichte der Folter. Ich komme an einer Nische mit den Wachspuppen von Maria Theresia und Joseph II. vorbei. Die beiden stehen auf einer Holzbretterbühne, aus der es muffig herausriecht. Eine Schautafel erklärt, dass Maria Theresia die Folter in ihrer Constitutio Criminalis Theresiana per Gesetz festgeschrieben hat: Daumenschrauben nur bei der peinlichen Befragung! Erst ihr Sohn Joseph II. hat die Folter de jure abgeschafft. Doch die Stadt Wien hatte ohnehin kein Geld für die teuren Folterwerkzeuge wie Schandmasken oder Streckbänke. Man gab sich mit Stockschlägen zufrieden. Ich schlendere weiter und betrachte die Bleistift-Zeichnung, die die Methode des Zwickens mit glühenden Zangen bei der Hinrichtung rekonvertierter Juden darstellt. In der nächsten Nische wird die so genannte Wassertortur szenisch aufbereitet. Eine halbnackte Wachspuppe liegt mit aufgeblähtem Bauch auf einer Holzbank. Der Magen des Delinquenten wird mit Hilfe eines Trichters mit Wasser so lange aufgefüllt, bis er platzt. Besonders raffiniert sind die »Gottesurteile«: eine Puppe liegt mit schmerzverzerrtem offenem Mund auf einem Rost, unter dem ein Feuer lodert. Der Delinquent wird gegrillt. Wenn er nach der Folter keine Wunden am nackten

Rücken aufwies, hatte ein Gottesurteil seine Unschuld bezeugt. Auf der nächsten Tafel wird das Wort »Delinquent« erklärt: »Delinquere: hinter dem erwarteten Verhalten zurückbleiben«. Mir gefällt diese euphemistische Umschreibung. So wäre auch ich ein Delinquent, der hinter einem erwarteten Verhalten zurückbleibt. Wer nicht? Und wer erwartet? Ich überlege, welche die angemessene Folter für mein abweichendes Verhalten gewesen wäre. Wäre ich in siedendem Wasser gekocht worden, wie es für die Geldfälscher vorgesehen war? Oder hätten sie mir die Garrotte so lange in den Hals getrieben, bis mein Genick gebrochen wäre, wie man es in Spanien bis zu Francos Tod 1975 praktizierte? In der nächsten Nische liegen einige rötlich angeleuchtete Puppen mit grotesk aufgerissenen Augen und Mündern übereinander. Dazu ertönen die gerechten Glocken von einem entfernten Kirchturm. Ich habe genug und mache mich auf in Richtung Ausgang, am Filmraum vorbei, in dem ein Video über aktuelle Folterungen in Chile oder im Kongo gezeigt wird. Ich bin scheinbar der einzige Besucher des Museums. Als ich die Eintrittskarte löste, saß an der Kassa eine hübsche Studentin, die in einem zerlesenen Adorno-Band las. Ich erreiche wieder den Eingangsbereich, da bemerke ich, dass jetzt eine seltsame Frau vor der Kassa steht und erklärt, sie wolle nächste Woche mit der ganzen Klasse kommen und jetzt schon reservieren, habe aber kein Geld dabei. Dazu gestikuliert sie exzentrisch. Die Kassiererin sagt entnervt: Ich sage Ihnen doch. Sie brauchen keine Reservierung! Ich lächle der Kassiererin beim Vorbeigehen zu und versuche einen Blick von ihr zu erhaschen, doch sie mustert mich nur kurz und feindselig. Dann wendet sie sich wieder der Frau zu. Während ich die Stufen hinaufsteige und die Spur der roten Blutflecken verfolge, frage ich mich, ob man auch einen Bombenalarm aus dem 2. Weltkrieg als Klingelton für das Handy vom Internet downloaden kann. Oben angekommen schlägt mir ein

Schwall kühler Luft entgegen. Ich bin froh, das Foltermuseum hinter mir lassen zu können und gehe eilig auf den Eingang des Hauses des Meeres zu, wo eine Tafel über Programm und Öffnungszeiten informiert:

```
VERPASSEN SIE NICHT: 14 Uhr SCHLANGE STREICHELN
                     15 Uhr: HAI FÜTTERUNG
                     16 Uhr: PIRANHA FÜTTERUNG
KOMMEN SIE MITTWOCH UND SAMSTAG:
Kinder zahlen die Hälfte
```

Es wird bald zwei, und ich muss mich beeilen, wenn ich noch rechtzeitig zum Schlangestreicheln kommen will. Vor dem Eingang des Hauses des Meeres sitzt eine alte, verwahrloste Frau mit weißen, zurückgebundenen Haaren neben unzähligen, zerschlissenen Nylonsäcken. Sie streckt den Besuchern ihre rechte Hand entgegen und ruft mit einem fremdländischen Akzent: BITTEEEEE! BITTEEEEEE! Die meisten Besucher sind Eltern, die von ihren Kindern entnervt sind und die Frau gar nicht beachten. Ich überlege, ihre Hand zu streicheln und ihr dafür das Eintrittsgeld zu geben. Ich betrete das Haus des Meeres, zahle hastig und steige die Stufen hoch in den ersten Stock, wo in diesen Minuten das öffentliche Schlangestreicheln beginnt.

Vor der breiten leinwandartigen Vitrine mit den gelben Boas und Riesenschlangen steht eine große Menschentraube. Kinder rennen aufgeregt durcheinander. Eine Lehrerin herrscht sie an: In Zweierreihe aufstellen! Sonst ist gleich wieder Abmarsch! Dann erscheint ein dunkelhaariger Tierwärter in einem blauen T-Shirt, auf dem ein kleiner Delfin aus dem Wasser springt. Er trägt die schwarze Sandviper wie ein Kissen, auf dem ein Orden dargereicht wird. Die Kinder schütteln angeekelt den Kopf. Die erhoffte große Sensation scheint die Schlange nicht zu werden, doch zuletzt siegt die Neugierde der Kleinen, und sie strahlen, wenn sie die Mutprobe bestanden haben. Während ich die Kinder beobachte, wie sie sich an den Tierwärter drängen, um die zitternde Schlange zu streicheln, erinnere ich mich unwillkürlich daran, wie wir uns als Buben in der Pubertät gegenseitig die Schwänze streichelten. Ich frage mich, ob nur ich solche Gedanken habe oder ob andere Besucher auch von solchen Assoziationen verfolgt werden? Die einzigen Schlangen, die ich je in der Hand gehalten habe, waren der Penis eines Klassenkollegen, Gummischlangen im Fasching oder Haribo-Schlangen zum Essen. Einige Filme mit Schlangen sind mir in Erinnerung, wie eine Winnetou-Folge »Im Tal des Todes«, in dem es in einem strategisch wichtigen Tal von giftigen Schlangen wimmelte. Die Kinder reißen sich jetzt auf einmal doch darum, die Schlange ein zweites Mal streicheln zu dürfen. Sie müsste schon daran gewöhnt sein, aber für die Schlange ist es noch immer ein Stress! Der Tierwärter spricht ruhig zu den Kindern, während die Schlange zwischen seinen Fingern zittert: Sie will zurück unter die Wärmelampe in ihrer Vitrine! Jetzt bin ich an der Reihe. Ich streiche mit meinen Fingerkuppen über die Schuppen der schwarzen Schlangenhaut. Ihre wie feuchte Zartheit und Geschmeidigkeit beschämen mich. Dann kehre ich Kindern und Schlange den Rücken und schlendere an den Schaukästen vorbei. Vor einer Vitrine steht ein Pärchen, deren Körper ineinander verhakt sind. Die Frau bewegt sich etwas nach vorne. Da! Da ist der Skorpion! Der Mann entdeckt den Skorpion nicht gleich, stattdessen küsst er die Frau aufdringlich, wobei er ihren Kopf zur Seite biegt. Das Haus des Meeres muss ein beliebter Rendezvous-Treffpunkt sein, da ich viele Pärchen unter den Besuchern ausmache, die sich auch dann noch umschlungen halten, wenn sich einer von ihnen näher an das Glas heranbeugt und so den anderen mitzieht. Vielleicht kalkulieren die Männer damit, dass die romantisch beleuchteten Fische die Frauen in Abenteuerstimmung versetzen, und schlagen deshalb diesen Schauplatz als Rendezvous-Treffpunkt vor. So ein Gedanke kann nur einem Männchen in den Sinn kommen. In Wirklichkeit weiß das Weibchen meistens vorher, ob es sich mit dem Männchen einlassen wird oder nicht. Das Weibchen muss dem Männchen nur das Gefühl geben, das Weibchen erobert zu haben, damit es im Ernstfall beschützt wird. Ich bin von den Boas begeistert, die sich in der hintersten Ecke ihrer Schauvitrine einringeln und daliegen wie sauber aufgerollte Taue. Oder die kleinen Schlangen, die sich verstecken und dem oberflächlichen Blick entziehen. Die Geduld der Besucher erschöpft sich bald, wenn es nichts Schnelles zu sehen gibt. Vor den Schaukästen der Riesenvogelspinne und der afrikanischen Waldskorpione bleiben nur wenige Zuschauer stehen, da man die Tiere nur äußerst mühsam erspähen kann. Auch die Mangroven-Nachtbaumnatter ist nicht gleich zu entdecken. Ich begegne wieder dem kleinen blonden Jungen, dem der Tierwärter die schwarze Schlange um den Hals gelegt hat. Der Junge hatte sprachlos innegehalten und sich den Zuschauern mit der Schlange um den Hals wie ein Schlangendompteur präsentiert. Er hatte sehr stolz gewirkt, und die anderen Kinder hatten sich aus Neid schnell von ihm abgewandt. Der Junge strahlt immer noch und hat wahrscheinlich eine

Menge Selbstvertrauen gewonnen. Ich bleibe vor einem, die ganze Breitseite des Schauraums ausfüllenden, halb mit Wasser gefüllten Aquarium stehen. Am linken und rechten Rand sitzen einander wie zwei Türsteher zwei kurzrumpfige Alligatoren in totaler Bewegungslosigkeit gegenüber: Kaimane. Ich bewundere ihre Starre. Sie scheinen nicht zu atmen und wirken vielmehr wie tot und ausgestopft. Einer von ihnen hält das Maul leicht geöffnet. Sie erwecken den Eindruck, als wären sie in eine Art tiefer Meditation versunken, und vielleicht ist es auch eine Art Meditation. Kein Muskelzittern durcheilt sie. Vielleicht können sie die eingesogene Luft in den Lungen speichern, ich weiß es nicht. Tiere zittern nicht, außer ihnen ist kalt oder sie sind nervös. Wo ist die Krake? Ein Mädchen mit Berliner Akzent hängt an den Lippen ihres Vaters, der sich nahe an das Glas der Vitrine beugt und die Krake sucht. Da! Da! Unter dem Stein! Der Vater nickt zufrieden, als die Tochter das gesuchte Tier findet: Da kann man Kalamares draus machen! Die beiden lächeln sich zu. Ich liebe den Clibanarius misanthropus, den Einsiedlerkrebs. Er versteckt seinen weichen Hinterleib in einem Schneckenhaus, und nur der gepanzerte Teil partizipiert am sozialen Leben draußen. Ich würde auch gerne meine Weichteile in einem Schneckenhaus verstecken und nur mit den gepanzerten Körperteilen am Leben draußen teilnehmen. Während ich den Chromis chromis, den Mönchsfisch, in der nächsten Vitrine betrachte, schlendert hinter mir ein achtjähriger Junge an der Hand seiner Großmutter vorbei und sagt: Sie sollen froh sein, dass sie eingesperrt sind, sonst wären sie in unseren Bäuchen! Ich drehe mich um, die Großmutter lächelt dem klugen Kind zu. Stolz ist sie, dass der Junge schon so einen erwachsenen, logischen Gedanken fassen kann. Wahrscheinlich sprach unbewusst Käptn Iglu aus dem Jungen, der zum Mittagessen vom Fernseh-Bildschirm lachte und eine Palette panierter Fische mit der Geste eines

Zauberers präsentierte. Der Besucherstrom zieht hinunter ins Erdgeschoss zu den Haifischen und der Suppenschildkröte, die jetzt gefüttert werden. Ich gehe mit ihnen hinunter. Die rudernden Schwimmbewegungen der Schildkröte erinnern mich an die schlaksigen Bewegungen eines Schwimmers im Hallenbad, der immer am Mittwoch kommt. Die überproportioniert langen Gliedmaßen der Schildkröte schlingern bei jeder Bewegung, als wollten sie eine klebrige Substanz abschütteln. Die Suppenschildkröte schwimmt, abgestumpft von ihrem eigenen traurigen Automatismus, sisyphusartig immer wieder den gleichen Ausschnitt am Fenster nach oben und wieder hinab. Der rostfarbene, abgescheuerte Rückenpanzer erinnert an den Rumpf eines ausrangierten Öltankers, aufgeraut von der ständig gleichen Reibung an der Panzerglasscheibe der Schauvitrine. Die Haie schwimmen eckig im Kreis. Schwimmen sie eigentlich immer im Uhrzeigersinn? Wenn die Haie aufhören würden zu schwimmen, würden sie auf Grund sinken. Plötzlich gerät Bewegung in sie, sie schwimmen schneller, nervöser, das Aquarium wie eine Leinwand, auf der der Film jetzt im Schnellvorlauf gespult wird. Aus einer Luke fallen von oben zerschnittene Fischstücke ins Wasser. Die Stücke treiben an der Wasseroberfläche, manche sinken nach unten. Ich bin begeistert von der Ungeschicklichkeit der Haie, die linkisch nach den Fisch-Brocken schnappen. Der weiße Hai hat anders zugebissen, sagt mein Nebenmann und umarmt seine Begleiterin fester. Ich frage mich, wie viele Leute von Stephen Spielbergs Film »Der weiße Hai« traumatisiert sind und Angst haben, im Meer weit hinauszuschwimmen (obwohl die Hai-Attacken gegen Menschen meist in unmittelbarer Ufernähe stattfinden). Warum ist noch nie jemand auf die Idee gekommen, Spielberg auf Schadenersatz wegen Traumatisierung zu klagen? Man hat doch auch Philip Morris mit Erfolg geklagt. Mein Nebenmann deutet auf die verwirrt umherschwimmenden Haie und sagt: Diese kleinen Haie würde der weiße Hai auch vernaschen! Die Frau nickt zustimmend. Mir fällt ein Mordfall in Australien ein, in den ein Hai verwickelt war. Meeresbiologen hatten im Hafenbecken von Sydney einen Tigerhai gefangen und setzten ihn im städtischen Zoo von Sydney in eines jener schlauchförmigen, gerundeten Aquarien, die speziell für Haie konstruiert wurden, damit sie mit der Schnauze nicht an den Scheiben anschlagen. Eine Woche, nachdem der Hai eingesetzt worden war, würgte er einen tätowierten Männerarm heraus. Ich stelle mir jetzt das dumme Gesicht meines Nebenmannes vor, wenn einer von diesen Haien vor ihm plötzlich einen Männerarm herauskotzen würde. Als man den ausgespuckten Männerarm untersuchte, stellte man fest, dass er abgesägt worden war. Der Hai war gewissermaßen unschuldig. Ein Zeitungsartikel mit einem Foto des abgesägten Männerarmes führte schließlich auf die Spur des mutmaßlichen Mörders. Mein Nebenmann sagt plötzlich: Mir reicht's, da gibt es nichts Spektakuläres zu sehen, und zieht seine Partnerin von dem Schaufenster weg. Der Mann hat eine Tragödie bitter nötig. Die Haie steuern noch immer die zerschnittenen Fischstücke an und zupfen beinahe scheu an ihnen. Ich erinnere mich an ein Beuys-Video, das ich vor langer Zeit in einer Ausstellung sah: Der Künstler flog von Deutschland nach New York und ließ sich mit einem Wolf in einen Raum sperren. Dieser Wolf, hungrig, gefährlich und dem Menschen in dieser Situation in allen Belangen überlegen, zupfte nur am speckigen Mantel von Beuys. Er hätte den Künstler in Stücke reißen können, aber der Wolf zupfte nur am Mantel. Das ging so ein paar Stunden, dann flog Beuys wieder nach Deutschland zurück. Ich betrachte die Haie noch eine Weile, wie sie die Beute umständlich anschwimmen und immer nur kleine Fetzen vom Fleisch wegzupfen, vielleicht um sich die Illusion der Jagd zu bewahren, denn in freier Wildbahn reißen sie aus ihrer Beute auch nur ein Stück heraus und warten, bis sie verblutet. Vielleicht spüren sie aber auch, dass sie beim Fressen beobachtet werden und haben keine Lust, den Besuchern die Raubfisch-Nummer vorzuspielen. Oder sie sind einfach nur verstört und degeneriert. Dann verlasse ich das Haus des Meeres. Auf dem Weg nach Hause beobachte ich einen Jungen mit einem roten Fleck unter dem rechten Auge, der mit einem dicken Mann den Platz voreinem Supermarkt quert. Vielleicht sein Vater oder sein Onkel. Beide essen eine Leberkässemmel im Gehen. Der Mann stopft sich die Semmel manisch in den Mund wie in einem »feeding frenzy«, dem vom Menschen hervorgerufenen Fressrausch der Haie. Der Junge tut es ihm nach, doch er verfällt seiner Fressgier nicht ganz wie sein älterer Begleiter. Der Junge isst, als hätte er eigentlich keinen Hunger oder einen, den er nicht stillen kann, einen Hunger, der ins Leere geht, wie wenn man Schnee isst.

Manchmal tauchen Bilder aus meinem früheren Leben auf, und ich erinnere mich, wie ich in meinem surrenden Büro mit Blick auf die Donau saß und stupide vor mich hinarbeitete.

Bei den Umkleiden überrascht mich eine der Frauen im weißen Kittel. Während ich nackt vor meinem Spind stehe, geht sie an mir vorbei. Sie blickt wie durch mich hindurch und macht ein gutmütiges Breughel-Gesicht, das eine Schnapsfahne umspielt. Ich staune immer wieder über den desinteressierten Gleichmut der hier angestellten Frauen beim Anblick nackter Männer. Hier herrscht ein wohltuend unerotisches Einverständnis zwischen Mann und Frau, vielleicht liegt das daran, dass ausnahmsweise nackte Männer den Blicken angezogener Frauen ausgeliefert sind. Die Männer benehmen sich ungewohnt kleinlaut wie in einer atavistischen Ehrfurcht vor der Mutter, wenn eine der Frauen im weißen Kittel gleichgültig an den Kabinen vorbeistreicht. Als ich wieder auf meinem Steinsitz liege, beobachte ich ein Mädchen auf dem Sprungsockel Nr. 6, das ihren weißen BH zurechtzupft, weil ihr eine Brust aus dem Bikini-Oberteil gerutscht ist. Sie ist völlig ungeniert, und ich gratuliere ihr zu dieser Schamlosigkeit. Andererseits frage ich mich, ob ihre Ungeniertheit nicht doch nur einer dummen Ignoranz entspringt. Ihre Brustwarzen zeichnen sich durch den nassen Stoff ihres Bikinioberteils ab. Das Mädchen lacht seiner Freundin auf Sprungsockel 7 zu. In dem ausgewachsenen Körper einer 17-jährigen lebt die Naivität eines Kindes. Erfreulicherweise fühle ich keine sexuelle Frustration beim Anblick der Frauen in den Bikinis. Vielmehr erfreue ich mich an meiner sexuellen Interesselosigkeit. Die Betrachtung der Frauenkörper erhitzt mich nicht. Vielleicht erlebe ich im Becken schwimmend eine zerstreute Form der Sexualität. Im Gegensatz zur Betrachtung von Werbeplakaten oder Werbefotos mit Frauen in Unterwäsche frustriert mich der Anblick der halbnackten Frauen in Badekleidung nicht, obwohl ich über kein intaktes Sexualleben verfüge. Das Schwimmen mit den Frauen im Becken empfinde ich wie eine Teilhabe an der Gesamtheit ihrer Körper, die mir für den Augenblick genügt.

Wir sind auch auf Bahn 7 ineinander geschwommen. Nach der Heirat veränderte sich Vivien. Vor unserer Ehe fand ich Gefallen an ihrer zickigen Unberechenbarkeit, ja sogar an ihren Launen. Doch als Ehefrau bekam sie ein zweites Gesicht: ihre frische Lebendigkeit und ihr ansteckender Schwung flossen zur Gänze in ihre Arbeit. Zuhause entfaltete sie eine Biederkeit und Demut mir gegenüber, die ihr der berufliche Erfolg erst langsam wieder austreiben sollte. Im ersten Jahr unserer Ehe hatte ich das Gefühl, ich hätte ihr ihre ausufernde Heiterkeit weggeheiratet. Sie sprach immer öfter von Kindern. Zu diesem Zeitpunkt hätte ich sogar ein Aussteiger-Leben im Wald mit Vivien dem Dasein eines Familienvaters vorgezogen. Obwohl ich unsere Ehe forciert hatte, kam mir mein Begehren nach der Heirat abhanden. Bald verfluchte ich die Ehe, als hätte die Institutionalisierung unserer Liebe auch die Sinnlichkeit urkundlich festgehalten. Vielleicht empfand Vivien unsere Entwicklung genauso, aber vielleicht war das alles gar nicht real, sondern existierte unsere Ehe nur wie eine Chimäre, die mich verfolgte, und vielleicht ist das alles noch immer nicht real geworden? Ich habe mir Chimären immer als quallige Nichtmaterie vorgestellt, als transparente Wesen, doch in der griechischen Mythologie sind sie als Feuer speiende Monster mit dem Kopf eines Löwen, dem Körper einer Ziege und dem Schwanz einer Schlange dargestellt. Wie gerne würde ich mir dieses stets auf Verwandlung abzielende Denken der alten Griechen aneignen. Denn was sollte sonst der Sinn des Lebens sein, wenn nicht Verwandlung? KLING KLANG KLING KLANG KLING KLANG KLING KLANG KLING KLANG KLING KLANG KLING KLANG KLING KLANG Die Trainerin der Synchronschwimmer schlägt mit ihrem Ring an das Aluminiumrohr der Badeleiter. Wie viele Nanomillimeter kleiner Goldpartikelchen ihres Eherings jetzt wohl in das Wasser sprühen? Vielleicht schluckt man eines von diesen unsichtbaren Goldpartikelchen, wenn man jetzt am Beckenrand vorbeischwimmt und Wasser in den Mund bekommt? Die sechs Synchronschwimmer bilden einen Kreis, dann heben die Männer ihre Partnerinnen aus dem Becken, ein sprudelnder Wasserwirbel, und die Frauen recken ihre durchgestreckten Beine wie Schwanenhälse ohne Köpfe in die Höhe. KLING KLANG KLING KLANG KLING KLANG KLING KLANG KLING KLANG KLING KLANG Zu unserem ersten Hochzeitstag schenkte ich Vivien einen Quastenflosser aus Holz. Ich hatte das Modell in Japan bestellt, wo sie ein Symbol für Langlebigkeit und Treue darstellen, weil der Quastenflosser das älteste noch lebende Wirbeltier der Welt ist. Er hat als einzige Spezies 400 Millionen Jahre Evolution unbeschadet überstanden. So lange hat keine andere Spezies, ob Dinosaurier, Fisch, Vogel oder Qualle, überlebt. Seit 400 Millionen Jahren besiedelt er den Meeresgrund und hat die fünf essentiellsten Extinktionskrisen überdauert, die alle anderen Tiere und Pflanzen ihrer Zeit vernichtet haben. Der Quastenflosser ist der Dinosaurier der Meere. Der Grund seiner Überlebensfähigkeit besteht in seinem reduzierten Stoffwechsel, seinem sorgsamen Energiehaushalt. Kein Lebewesen kann seinen Energiehaushalt so zurückschalten wie der Quastenflosser. Er hat Millionen von Jahren in dem finsteren, energiearmen Lebensraum des Abyss durchgehalten. Und nur die letzten 150 Jahre haben es beinahe geschafft, ihn auszurotten. Das Hochzeitsgeschenk sollte Vivien an unser erstes Gespräch im Hallenbad erinnern, als wir ineinander geschwommen waren. Wir sprachen ganz unauffällig über unsere Hobbys, und ich redete über die Meereskunde. Irgendwann kamen wir auf den Quastenflosser zu sprechen, und ich erzählte ihr den Witz mit dem englischen Parlamentarier, der von einem Kollegen als Quastenflosser beschimpft worden war: Ein alter Hinterbänkler im englischen Unterhaus, der meist auf einer der letzten Parlamentsreihen vor sich hindöste, hatte sich zur Überraschung aller Abgeordneten nach Jahren des Schweigens plötzlich zu Wort gemeldet. Daraufhin beschimpfte ihn ein Abgeordneter der gegnerischen Partei mit den Worten: You Coelacanth! – Sie Quastenflosser! KLING KLANG KLING KLANG KLING KLANG KLING KLANG KLING KLANG KLING KLANG Ich kann ohne meine Tierheit nicht leben. Sie ist lebensnotwendig, sagte E. O. Wilson einmal. Wilson verweist darauf, dass die jährliche Zahl der Zoobesucher weltweit höher ist als die Zuschauerzahl von Sportveranstaltungen. Die atavistische Sehnsucht nach der Tierheit teile ich aber nicht mit Wilson, da sie dem Forscherdrang diametral entgegen gesetzt ist, auch wenn meine Forschungen ins Nichts führen. Gefangen in meiner eigenen Tierheit wüsste ich nicht, dass der Quastenflosser 1938 durch Zufall einem Trawler vor der südafrikanischen Küste ins Netz gegangen ist. Es war das erste Mal, dass die Menschheit einen lebenden Quastenflosser zu Gesicht bekam. Der Fischer, der den Fisch gefangen hatte, bezeugte später, er habe das Gefühl gehabt, ihm sei ein Dinosaurier ins Netz gegangen. Der Quastenflosser war im Jahr des Anschlusses Österreichs an Deutschland in aller Munde: als Chamberlain mit seiner Appeasement-Politik der Zugeständnisse gegenüber Hitler scheiterte, wurde der englische Premier in den Zeitungen als ein fossilierter Quastenflosser mit einer Hakenkreuz-Schwanzflosse dargestellt. Doch auch die nazistische Extinktionskrise überlebte der Fisch mit seiner öligen dicken Haut, die an die Außenwand eines alten, verrosteten Öltankers erinnert. Der Quastenflosser benötigt seine waxestergefüllte Schwimmblase, um bei Nacht auf 700-150 Meter auftauchen zu können, wo er nach Nahrung sucht. Tagsüber ruht er allein am Meeresgrund in Lavahöhlen. Sein Ruhestoffwechsel wird mit 3,7ml/O_2/kg/h veranschlagt, der kleinsten Rate unter den Fischen, vermutlich auch unter den Wirbeltieren. Er benötigt höchstens 30 g Nahrung pro Tag, obwohl er mit zwei Metern Länge größer ist als ein durchschnittlicher Mensch. Ihm reichen drei Scheiben Wurst pro Tag. Vor einigen Jahren haben japanische Wissenschafter behauptet, sie hätten aus dem Fett des Quastenflossers eine lebensverlängernde Substanz gewonnen. Das Heilmittel war ein Verkaufsschlager, weil die Leute dachten, sie würden damit auch 400 Millionen Jahre alt werden. Als der erste Quastenflosser in ein Aquarium gesetzt wurde, tauchte ein Hollywoodproduzent auf, der sich die Weltvideorechte am Quastenflosser sicherte. Er dachte, Bilder vom Quastenflosser würden sich gut als Pausenfüller oder Standbilder für Fernseher in Nobelhotels eignen. Oder auch als beruhigende Bildschirmschoner oder Partybegleitung am Bildschirm zu Silvester, übertragen per Satellit. Er erhoffte sich ein Geschäft nach dem Vorbild der Walgesänge. Wenn ich an das traurige Ende der Evolution des Quastenflossers vom ältesten Wirbeltier zum Bildschirmschoner denke, fällt mir jener berühmte Haiku Bashôs ein: »Der Frühling scheidet: Die Vögel weinen/ selbst den Fischen/ kommen die Tränen.« Ein dürrer junger Mann in einer weißen Badeshort auf Bahn 6 holt mich zurück in die Realität der Halle. Er taucht seine kraulenden Oberarme mit vollendeter, langsamer Behutsamkeit ins Wasser. Ich beneide ihn um seine Körperbeherrschung. Vom Drei-Meter-Brett springt ein massiger Junge und dreht seinen Körper im Flug. Ich nehme sein Spiel als Aufforderung an, stehe von meiner warmen Sitzbank auf und springe vom Beckenrand ins Wasser. Im Becken schwimmend spricht mich eine junge Frau an, ob das Becken jetzt schon gesperrt würde. Ich bestätige ihr, dass mittwochs die Halle immer früher gesperrt werde – wegen der Wassersportler. Ich schwimme, bis der Bademeister über Lautsprecher den Badeschluss ausruft, trockne mich lässig ab und gebärde mich, als gehörte ich zu den professionellen Wassersportlern. Schräg unter mir steht schon der Wasserballtrainer am Rand des Beckens. Eine Hand voll dicker Jungen bildet einen Halbkreis um ihn. Sie wirken, als wären sie zum Wasserballspielen überredet worden. Irgendwann wird man als Schüler überredet, etwas zu spielen: ein Ballspiel oder ein Musikinstrument. Der Wasserballtrainer dreht den harten orangefarbenen Wasserball auf seinem Zeigefinger, während er auf seine Schüler einredet. Einer der jungen Wasserballer hat seine Schwimmbrille vergessen und fürchtet, bei einem ruppigen Zweikampf die Kontaktlinsen im Wasser zu verlieren. Ich höre sein Fluchen bis herauf auf die Steingalerie. Immer wieder zischt er: Scheiße, Scheiße, Scheiße, während er am Beckenrand nervös auf und ab geht und seinen Teamkollegen zusieht, die einer nach dem anderen zum Aufwärmen ins Wasser springen. Er schüttelt den Kopf, dreht vom Rand des Beckens ab und sagt wieder: Scheiße, Scheiße, Scheiße. Der Trainer bellt ihn an: Los jetzt. Der Junge sagt, er könne nicht mit den Kontaktlinsen. Wenn ich die verliere! Sein Trainer kümmert sich nicht mehr um ihn, klatscht in die Hände und ruft seinen Schwimmschülern zu: Los! Warmschwimmen! Fünfmal Kraul! Fünfmal Brust! Der Junge mit den Kontaktlinsen weiß nicht, was er machen soll. Er dreht sich um seine eigene Achse, zögert ein letztes Mal und springt dann zu seinen Teamkollegen ins Wasser. KLING KLANG KLING KLANG KLING KLANG KLING KLANG KLING KLANG Die Trainerin der Synchronschwimmer schlägt wieder mit dem Ehering gegen das Rohr der Badeleiter. Im Wasser vor der Trainerin üben zwei junge Synchronschwimmerinnen, die zusammen wahrscheinlich so alt sind wie ich. Das eine Mädchen mit Akne hat eine schiefe Nase und hervorstehende Eckzähne, das andere eine hübsche Stupsnase, ihre blonden Haare glatt nach hinten gebunden und die blauen Augen strahlen aus dem nassen Gesicht hervor. Sie wird es später eher auf das Cover eines Sport-Magazins schaffen als ihre Partnerin. Die Hübschere ist ehrgeiziger, denn sie braucht wahrscheinlich das Lob, das sie aufgrund ihrer Schönheit gewohnt ist, häufiger als die Hässlichere. Sie ist flinker und ihre Bewegungen federn leichtfüßiger. Die Hässliche hinkt im Rhythmus immer wieder nach und schielt nach den Bewegungen der schönen Ehrgeizigen. Ich wünsche der Hässlichen, dass gerade sie beim Wettkampf alles richtig macht und dafür die Schöne, gefangen in ihrem Ehrgeiz, an einer schwierigen Stelle patzt. Ich frage mich, ob erwachsene Synchronschwimmerinnen mit ihren Partnern wie die Haie Liebesspiele im Wasser treiben: Beim Paarungsritual schwimmen die Haie synchron umeinander herum und das Hai-Männchen beißt dabei das Weibchen als Vorspiel in den Rücken. Wenn das Weibchen aufhört zu schwimmen, sinken sie gemeinsam auf den Meeresgrund. Die zentimetertiefen Gebissabdrücke am Rücken sind die Knutschflecken der Haie. Wenn sich am Körper des Hai-Weibchens noch keine Schrammen zeigen, hat die Paarungszeit noch nicht begonnen. KLANG KLING KLANG KLING KLANG KLING KLANG KLING KLANG KLING Ob verheiratete Synchronschwimmer synchroner zusammenleben als andere Menschen und sich dem Lebensrhythmus ihrer Partner besser anpassen können? Vielleicht synchronisiert sie ihr Sport aber auch so stark miteinander, dass sie ein krankhaftes Zusammenleben entwickeln und alles gemeinsam machen müssen. Und los! Und hin! Und her! Und vor! Und zurück! Und alle sechs! Die Trainerin peitscht jetzt den Rhythmus ein. KLING KLANG KLANG KLING KLING KLANG KLANG KLING KLING KLANG KLANG KLING Vor und zurück! Und hoch! Und hopp! Vivien und ich sind keine guten Synchronschwimmer. Es gelang uns nicht, unseren Lebensrhythmus zu synchronisieren. Weder am Meer noch im Hallenbad. Wollte sie ins Wasser, wollte ich mich aufwärmen, wollte sie nach Hause, wollte ich bleiben. Unseren ersten heftigen Streit hatten wir an Deck eines Ausflugsschiffes auf der Donau. Die neblige Herbstlandschaft der Wachau zog unwirklich an uns vorbei, während wir verfroren am Bug des Schiffes standen. Ich wollte unter Deck, um mich bei einem Kaffee aufzuwärmen. Vivien belehrte mich, dass man in so einem Fall gegen seinen Willen an der frischen Luft ausharren müsse, daran erinnere man sich später gerne. Wir kamen ins Streiten, und ich schrie sie an. Sie sagte leise: Schrei mich nie wieder an. Ich ging grimmig nach unten, während Vivien unbeweglich am Bug des Schiffes stehen blieb. Ab diesem Zeitpunkt war der Bann gebrochen, und wir stritten über viel banalere Dinge, wie meine berufliche und finanzielle Situation. Vivien beklagte sich oft, dass wir selten fein essen gingen. Sie wollte mindestens einmal im Monat in ein Nobelrestaurant ausgeführt werden. Das Wirtshaus an der Ecke mit Hausmannskost reichte ihr nicht. Ich verachte Hauben-Restaurants und die Gourmets, die sich alles auf den Tisch stellen lassen, ob die Geschlechtsorgane der Seeigel, das Fett der Quastenflosser oder lebendige Seebarben, die die Kellner vor ihren Augen ins kochende Wasser fallen lassen. Die Gourmets ergötzen sich am Farbenspiel der Schuppen des verendenden Fisches, was schon Büchner zu dem resignativen Vergleich verleitet hatte, der ganze Äther sei eine Schüssel mit verendenden Goldkarpfen, die auf dem Tisch der seligen Götter stehe und an deren Farbenspiel im Todeskampf sie sich erfreuten. KLANG KLING KLANG KLING KLANG KLING KLANG KLING KLANG KLING Ich frage mich, warum Vivien nicht mit mir Schluss macht. Mir gefällt diese Formulierung besser als das Wort Scheidung. Ich würde sie gerne provozieren, mit mir Schluss zu machen. Mir fehlt die Kraft für das Ende. KLING KLANG KLING KLANG KLING KLANG KLING KLANG KLING KLANG KLING KLANG Die jungen Synchronschwimmerinnen kommunizieren überhaupt nicht miteinander, wenn man ihre gleichgeschalteten Bewegungen außer Acht lässt. Sie reden kein Wort miteinander und registrieren einander nur, wenn ihre Trainerin sie auf ihren mangelhaften Synchronismus aufmerksam macht. Mit ihren Gliedmaßen wird offensichtlich auch ihr Schweigen synchronisiert. Ich packe meine Sachen früher als sonst zusammen, denn ich fühle einen plötzlichen Widerwillen gegen die Synchronschwimmer und ihre absurden Anstrengungen, ihre Bewegungen gleichzuschalten.

Auf der Anrichte liegt ein Zettel von Vivien: »Habe dich heute nicht mehr angetroffen. Fliege am Abend in die USA und komme in zwei Wochen wieder.« Unter ihre Unterschrift setzte sie Ankunfts- und Rückflugsdaten des Flugzeugs und eine Telefonnummer in New York. Für alle Fälle. Jetzt könnte ich Vivien nicht einmal mehr zum Schlussmachen provozieren, außer ich schickte ihr bösartige Mails, sie könne gleich in den Staaten bleiben oder ich würde die Wohnung inzwischen vermieten. Mich rührt ihre Naivität, dass sie sich noch immer verpflichtet fühlt, mir ihre Pläne mitzuteilen. Ich beschließe, die sturmfreie Wohnung zu feiern und öffne eine Flasche kalifornischen Rotweins, um kulinarisch an Viviens USA-Reise teilzunehmen. Ich lege eine alte Platte von den Beach Boys auf, schenke mir ein Glas Wein ein und surfe auf dem Sofa Richtung USA. Meine Abende rinnen aus den Flaschen wie der Wein, den ich verschütte. Und da ich Wein trinke, werde ich trunken wie Noah, der Ackermann, denn er bepflanzte als Erster einen Weinberg.

INITIATIVBEWERBUNG

Sehr geehrte Frau Dr. Stein,
wie bereits im Telefongespräch mit Frau Mann besprochen, möchte ich mich hiermit bei Ihnen als Bleistiftzähler bewerben. Ich habe Ihr Unternehmen ausgewählt, weil mir als Profi für Wording und Kommunikationsberatung Ihr Anforderungsprofil zusagt und ich glaube, dass ich durch meinen bisherigen Erfahrungshorizont in der Bestandsaufnahme Ihrer Bunt- und Bleistifte für Ihr Unternehmen bereichernd sein könnte.

Ich habe die vergangenen Monate vor allem zuhause mit leeren Weinflaschen verbracht und neben meiner Verpflichtung zur Alleinunterhaltung auch zahlreiche berufliche Initiativen gesetzt: Dazu gehören der Aufbau einer umfassenden Verlangsamungsstrategie (siehe Quastenflosser) bzw. der dynamische Verzicht auf Fortbildung jeglicher Art.

Insbesondere habe ich an einer Reihe von namhaften Weiterbildungsseminaren nicht teilgenommen. Durch meine mangelhaften organisatorischen Fähigkeiten habe ich gelernt, nationale und internationale Kommunikationsexperten erfolgreich zu verachten. Zudem habe ich mir im Laufe der Zusammenarbeit mit meinen unterschiedlichsten Charakterschwächen in einem differenzierten interkulturellen Kontext ein hohes Maß an Problemlösungsverweigerung und sozialer Inkompetenz angeeignet.

Derzeit sitze ich vor allem am Fenster und beobachte das Abend- und Nachtverhalten meiner Nachbarn, was mir ein hohes Maß an Konfliktunfähigkeit bescheinigt. Es würde mich freuen, wenn die kurze Beschreibung meines Tätigkeits-

feldes Ihr Interesse geweckt hätte und wir einander bei einem persönlichen Gespräch näher kennen lernen könnten,
und ich verbleibe

mit freundlichen Grüßen,
Mag. Hans Hans

Auf der Anrichte entdecke ich den Zettel. Ich erinnere mich wieder an den blinden Bewerbungsbrief von gestern Nacht. Ich werfe ihn ins Altpapier und versuche eine Verbindung zwischen diesen umherirrenden Buchstaben und meiner Beziehung zu Vivien herzustellen: Abgeschabte Schuppen gleich blinden Spiegelchen.

DREI

> Ich kultiviere meinen Hass auf das Handeln wie eine Treibhauspflanze. Ich stimme nicht überein mit dem Leben und bin stolz darauf.
>
> Fernando Pessoa, *Das Buch der Unruhe*

Ich verlasse missmutig das Haus. Ein nasser und trüber Wintertag schlägt mir ins Gesicht. In den Gummirillen meiner Schuhsohlen haben sich einzelne Körner Streusplitt festgebissen wie Parasiten. Das Kratzgeräusch eines überstehenden Steinchens unter meinem Schuh begleitet meinen Schritt. Es knirscht, aber ich bin zu faul, das Steinchen aus der Schuhsohle zu fingern. Ich suche nachlässig den Asphalt des Gehsteigs ab, um vielleicht ein Hölzchen zu finden, mit dem ich das Steinchen leichter aus der Rille kratzen könnte. Am besten wäre ein Eisstäbchen, doch der lästige Streusplitt wird längst verschwunden sein, wenn die Kinder auf den Straßen wieder Eis schlecken. Vermummte Passanten in Winterwolle huschen gesichtslos an mir vorüber, ein cremig weißer Tag wölbt sich trübe über der Stadt. Ich schaue auf, um eine Seitenstraße zu überqueren, da fällt mein Blick auf eine große, dunkle Gestalt, die an der vorspringenden Straßenecke bäuchlings mit dem Gesicht nach unten auf dem Asphalt liegt. Eine Frau mit einem Einkaufssack auf der gegenüberliegenden Straßenseite wirft mir einen nervösen Mäuseblick zu und verschwindet schnell hinter der Hausecke. Sie muss den leblosen Körper auch gesehen haben. Ich eile zu dem am Boden liegenden Mann und hocke mich hin. Neben seinem Oberkörper, von dem er krampfartig den linken Arm wegstreckt, liegt ein glänzender Spazierstock mit Silbergriff. Der Mann muss mit der ganzen Wucht seines massigen Körpers vornüber auf sein Gesicht geklatscht sein. Ich sehe die verschattete Seite seines Gesichtes, von der Blut herab auf den Pflasterstein tropft. Ich spreche den Mann an und packe ihn vorsichtig an der Schulter. Das Gesicht des Alten ist voller Blut, eine Platzwunde klafft auf der Stirn. Er ist alt, vielleicht 80 oder 85. Aus dem Mund steht ihm seine durch den Aufprall am Asphalt herausgerissene Gebissprothese. Ich drehe den Mann behutsam in die Seitenlage, nehme seine Hand und spreche ihn an. Er reagiert nicht. Ich fühle seinen Puls am Handgelenk ganz schwach. In unseren besseren Zeiten maßen Vivien und ich uns zuhause an langen Abenden gegenseitig Puls und Blutdruck, während wir uns betranken. Wir schrieben die Daten auf einen Zettel, der neben unseren Gläsern lag, und stellten Theorien auf, wie sich der Alkohol auf Puls und Herzschlag auswirkte. Ich habe jetzt das Geräusch des batteriebetriebenen Messgerätes im Ohr. Nachdem sich das Textilband automatisch aufgeblasen hatte, blinkte der Blutdruck von der LCD-Anzeige. Ich hätte jetzt gerne dieses Messgerät dabei, denn ich habe den Puls des Greises wieder verloren. Er atmet kaum. Da spüre ich seinen Händedruck. Seine Augen sind leicht geöffnet und starren durch mich hindurch in eine Leere, die sich über ihn ausgebreitet hat. Ich höre nicht auf, ihn anzusprechen: Hören Sie mich? Können Sie mich hören? Der Händedruck des Mannes verstärkt sich, plötzlich lässt er los. Die Hand erschlafft, und ich spüre keinen Puls mehr, höre kein Atmen. Ich werde panisch, blicke mich verwirrt um. Am Gehsteig gegenüber trottet ein junger Bursche, seinen Kopf stumpfsinnig über das Handy gebeugt, auf dem er herumtippt. Ich springe auf und schreie zu ihm hinüber, er soll die Rettung anrufen. Sorry! Akku leer! Er wendet sich schnell ab und rennt hastig weiter. Ich suche nach einer Telefonzelle. Beim Aufsetzen meiner Schuhsohlen im Laufschritt höre ich das kratzende Steinchen unter meiner Schuhsohle. An der nächsten Straßenecke steht eine Telefonhütte. Ich rufe die Rettung an und erkläre, was passiert ist. Zurück an der Unglücksstelle hocke ich mich wieder neben den alten Mann und warte. Die Rettung kommt gleich! Er kann mich wahrscheinlich nicht mehr hören. Während ich warte, mustere ich die nähere Umgebung und entdecke eine silberne Zigarettenspitze, die in einigem Abstand oberhalb seines Kopfes liegt. Sie ist wahrscheinlich aus echtem Silber und ziemlich wertvoll. Ich überlege, ob ich sie einstecken soll, sonst steckt sie jemand anderer ein. Aus der Nase des Mannes tritt jetzt eine weißliche Flüssigkeit aus, während das Blut auf seinem Gesicht langsam eintrocknet. Ich frage mich, ob der Mann in der Hitler-Zeit Sozialist oder Nazi war, oder etwas anderes? Ich bemerke erst jetzt, dass sich um uns einige Passanten geschart haben. Ich höre Stimmen durcheinander reden. Ist die Rettung schon? Was ist passiert? Fünf Minuten später trifft endlich die Rettung ein. Die Sanitäter springen aus dem Wagen und drängen mich zur Seite. Sie untersuchen den Mann schnell, dann holt einer der Sanitäter einen Plastikbehälter aus dem Wagen, mit dem er versucht, Luft in die Lungen des Alten zu pumpen. Er drückt den Kopf des Mannes grob nach hinten ins Genick, nachdem er die Zahnprothese aus seinem Mund gefischt hat, der Kopf so kostbar wie ein Stück Holz. Dann erhebt sich der junge Mann, geht zum Wagen und spricht in sein Funkgerät etwas wie Stillstand, C 01, und ordert einen Notarzt. Der Zivildiener kommt mit einem grauen Elektrogerät mit Spiralkabeln zurück. Das technische Gerät in seinen Händen sorgt für Auflockerung unter den Passanten, die Männer kommentieren den Apparat lautstark. Reanimationsmaschine. Die Passanten-Augen blicken gespannt auf die Hände des Sanitäters, der jetzt den Brustkorb des Alten frei macht und zuletzt das Hemd aufknöpft, wobei zwei Knöpfe abspringen. Er beginnt mit der Reanimation, und der Oberkörper des alten Mannes zuckt mit jedem Stromstoß in die Höhe. Ich stehe auf, weil ich einen stechenden Schmerz im Knie verspüre. Ich habe die Rettung gerufen, gibt es noch etwas zu tun? Der Sanitäter schaut kurz hoch zu mir, schüttelt den Kopf und wendet sich wieder seinem Gerät zu, während sich auf seiner Stirn Schweißperlen bilden. Die Masse der Passanten erfreut sich jetzt eines regen Zu- und Abflusses an neugierigen Schaulustigen. Ich trete einen Schritt zurück, da entdecke ich in der Ritze zwischen Hausfassade und Gehsteig ein Stück Holz. Ich überlege einen Augenblick, mache zwei schnelle Schritte und bücke mich nach dem schmutzigen Hölzchen, dessen Fasern von der Feuchtigkeit aufgeweicht sind. Ich werfe einen letzten Blick auf den Sanitäter, der die Zigarettenspitze und den Spazierstock mit dem Silbergriff beim Hantieren mit seinem Reanimationsgerät zur Seite geschoben hat. Ich frage mich, ob er die persönlichen Sachen des Toten mittransportieren wird oder ob sie liegen bleiben werden, zur freien Entnahme, worauf vielleicht einer der Passanten bereits spekuliert, oder ich? Ich verabschiede mich leise und dumm, bahne mir einen Weg durch die Passanten-Mauer und lasse die Unglücksstelle hinter mir. In meiner Manteltasche fühle ich das nasse aufgeweichte Hölzchen zwischen den Fingerkuppen. Nach einigen befreienden Schritten aus diesem unguten Erlebnis spüre ich wieder das lästige Kratzen des Steinchens unter der Schuhsohle. Ich ziehe das Hölzchen aus meiner Manteltasche hervor. Der Dreck hat bereits auf meine Fingerkuppen abgefärbt. Ich werfe das Hölzchen hastig weg und beschleunige meinen Schritt in Richtung Schwimmhalle. Auf der belebten Einkaufsstraße komme ich am Eingang eines Supermarktes vorbei. Ein vielleicht 50-jähriger Mann mit Glatze und grauen Schläfen steht davor und hält in jeder Hand eine Dose Paulaner Weißbier. Er trägt einen grauen Filzhut, an dessen Krempe ein Metall-Enzian angesteckt ist, dazu graue Knickerbocker, eine rosa Krawatte und ein graugrünes Lodensakko. Er trinkt abwechselnd aus seinen Bierdosen, links, rechts, links, rechts, als würde er kleine Gewichte im Fitnessstudio stemmen. Mich überkommt Mitleid beim Anblick des Mannes. Ich bemerke eine gewisse Ähnlichkeit seiner Gesichtszüge mit denen des älteren Heidegger, und mein Mitleid verwandelt sich in Gleichgültigkeit. Gestern im Supermarkt fiel mir ein schmuddeliger, schmächtiger junger Mann mit Walkman auf, der durch die Regalreihen rannte und mit den Produkten sprach. Er streckte den Toilettenartikeln und Haushaltswaren seine rechte Hand entgegen, schnippte mit den Fingern und redete auf die Waren ein: Sag schon! Red schon! Komm schon! Dabei schnippte er unentwegt mit den Fingern. Ich werfe einen letzten Blick auf den Mann mit den zwei Bierdosen vor dem Supermarkt. Er steht einfach da, in seiner bayerischen Tracht, mit seinen zwei Dosen Paulaner Bier, neben dem Eingang eines Supermarktes in Wien, verloren oder nicht, und weiß wahrscheinlich nicht, wohin. Nach diesen Erlebnissen bekomme ich Lust auf ein kleines Abenteuer und lenke meine Schritte eilig in Richtung Hallenbad.

Auf den Stufen hinauf zum Beckenbereich fällt mir mein Traum von heute Nacht wieder ein: Ein Kamerateam geisterte durch die Halle und suchte mich. Ich versteckte mich in dem Trainingsraum der Turmspringer unterhalb der Tribüne, aber das Fernsehteam durchstöberte mit seinem gleißenden Scheinwerfer alle Ecken. Sie stürmten in den Trainingsraum, wo einige junge Springerinnen im Trockentraining auf den Trampolinen federten, Salti schlugen und in der weichen, blauen Matte landeten. Ich kauerte in einer Ecke unter der Tribüne und beobachtete den Kameramann beim Filmen, der mit seiner mobilen Kamera und dem aufgesteckten Scheinwerfer ganz nahe an die Gesichter der Sportlerinnen heranrückte, aber niemand beschwerte sich. Da entdeckten mich die Fernsehleute in meiner Ecke. Ich sprang auf und lief unter der Tribüne hindurch, der Kameramann hinterher, im Schlepptau das gespannte Kabel des Tontechnikers, einem kleinen Kind, das einen schwarzen Overall und einen viel zu großen Kopfhörer trug. Hinter ihnen her rannte eine Reporterin mit Stöckelschuhen und einem roten Minirock. Sie kamen mir immer näher. Ich kam hinaus aus dem Trainingsraum in den Beckenbereich und machte einen Köpfler vom Beckenrand ins Wasser. Als ich auftauchte, hörte ich das Gelächter der Reporterin, die am Beckenrand stand, wo normalerweise die Schwimmlehrerin hin und her geht und ihren jungen Schwimmschülern im Wasser Ermunterungen zuruft. Die Reporterin sah der Mutter in Familie 1 ähnlich oder sie war sogar die Mutter. Ich versuchte sie und das Kamerateam zu ignorieren und schwamm nervös meine Längen. Plötzlich spürte ich am Rücken einen Gegenstand, der immer schwerer wurde und mich niederdrückte. Ich fasste nach hinten. An meinem Rücken war eine Kamera befestigt. Ich versuchte sie herunter zu reißen, aber das tat weh. Die Kamera schien am Rücken festgewachsen. Als ich auftauchte, warf ich einen Blick auf die Anzeigentafel und sah die roten Leuchtdioden in Form meiner Hand blinken, die offensichtlich versuchte, die Kamera von meinem Rücken herunterzureißen. Es erschallte ein markerschütterndes Gelächter in der Halle, das immer lauter wurde. Ich drehte mich nach allen Seiten um, da erblickte ich die Steingalerie und die Zuschauertribüne für die Sportveranstaltungen. Sie war ganz schwarz von der wogenden Zuschauermenge, die lachend und kreischend vor sich hinschaukelte. Sie zeigten auf mich und ihr Lachen wurde immer lauter. Ich machte eine Wende und auch die Bilder auf der Anzeigentafel zeigten eine Wende aus der Wasserperspektive, und ich realisierte, dass jede meiner Bewegungen auf der Anzeigentafel übertragen wurde. Dann erwachte ich. Das Kreischen der an mir vorbeischießenden Kinder holt mich zurück in die warme Geborgenheit des Hallenbades. Ich lasse die Stufen hinter mir und steuere die Loge des Bademeisters an, um mich für einen Tauchkurs anzumelden. Bis nächsten Dienstag sind alle Plätze belegt. Ich bin enttäuscht, melde mich aber trotzdem an. Dienstag Tauchen. Mittwoch Kajak. Der Bademeister nimmt meine Anmeldung gelangweilt entgegen. Ich ärgere mich, dass ich meine Abenteuerlust auf Dienstag verschieben muss. Immerhin ist mein Stammplatz auf der Steingalerie frei, und ich strecke mich auf dem warmen Stein so aus, dass ich eine gute Einsicht auf das Becken habe. Auf Bahn 6-8 schwimmen wieder die Kader der Nationalmannschaft. Der Trainer hält hinter seinem Rücken eine große Stoppuhr in der Hand und schlendert in Jeans und einer ärmellosen olivgrünen Weste am Beckenrand entlang. Wenn die Schwimmer am Ende des Beckens unter den Startblöcken anschlagen, schreit er sie mit ungarischem Akzent enttäuscht und bissig an. Die Schwimmer verhaken sich in den Drahtseilen der Bahnen und blicken erschöpft zu ihrem Trainer hinauf. Ihr immer Pause! Nix Sport! Pause nix zu tun mit Sport! Wenn immer Pause! Die Schwimmer schauen ihren schlecht gelaunten Trainer ratlos an, dann schwimmt einer nach dem anderen in angemessenem Abstand wieder los. Ich bewundere die Gleichmäßigkeit ihrer Bewegungen. Ihre Oberkörper liegen ruhig im Wasser, während Arme und Beine mit der harmonischen Automatenhaftigkeit von Marionettengliedern ins Wasser schlagen. Der am Beckenrand auf und ab gehende Trainer wirkt wie ausgestoßen von den abgeschlossenen, abgerundeten Bewegungsabläufen seiner Schwimmer.

Ich betrachte das Graffito auf der Plakatwand neben dem Schriftzug der Handy-Werbung: `ÖSTERREICH HALTS MAUL!` Das Graffito versüßt mir diesen Montagmorgen, und ich stelle fest, dass mir das Wort Österreich überhaupt keine Vorstellung von dem Ort vermittelt, an dem ich lebe. Mir ist das Wort Österreich nicht nur gleichgültig und fremd, ich weiß auch nicht, was es bedeuten soll. Mein Habitat trägt einen anderen Namen. Ich notiere das Graffito in mein Notizbuch, reiße das Blatt heraus, um es später den anderen hinzuzufügen. Ich habe schon eine reiche Sammlung an Graffiti, die ich auf kleine Zettelchen gekritzelt habe und bei Bedarf, wenn mein Überdruss zu groß wird, in die Spinde unangenehmer Badegäste stecke:

```
Alles hat ein Ende, nur die Wurst hat zwei
Besser ein Stein in der Hand als ein Brett
vorm Kopf
Fuck the system
Mach kaputt, was dich kaputt macht
Kasperl
Kummer
Geht's alle unter
Torte
Ich
```

Auf solche kleinen Zettel habe ich in meiner Schulzeit Latein-Vokabeln geschrieben. Auf einer Seite Deutsch. Auf der anderen Latein. Auf einen größeren Zettel habe ich ein Rätsel geschrieben, das ich mir für einen besonderen Anlass der Intervention aufhebe: »Ein Mann kommt eines Tages zu spät zur Arbeit. In seiner Hektik vergisst er, Regenschirm und Regenmantel mitzunehmen. Wie schafft er es trotzdem, auf dem Weg zur Arbeit nicht nass zu werden?« Das stammt aus einer Zeit, als ich für Vivien öfter solche Rätsel erfand, als unsere Beziehung noch weniger Rätsel aufgab. Manchmal fühle ich mich selbst als Teil einer Schnitzeljagd, bei der ich von einem

Schnipsel meines Lebens mittels einer unverständlichen, geheimen Botschaft zu einem anderen geschickt werde, nicht wissend, wo ich mich befinde, wo ich lande oder welcher Text am Ende denn herauskommen soll, und ob ich der Autor, der Held oder der Leser bin. Das rhythmische Quatschen feuchter Füße in Gummischuhen auf den Stufen über meinem Kopf vermittelt mir heute eine angenehme Vertrautheit. Meine Lust auf einen Tauchgang ist seit dem Tag der Anmeldung letzte Woche bereits verflogen, und ich habe die böse Vorahnung, dass sie sich morgen gänzlich in Überdruss verwandelt haben wird. Das Quatschgeräusch erinnert mich daran, dass der Ausdruck des Ekels stets mit Wasser verbunden ist: Matsch, Schleim, glitschig, schlüpfrig, quallig. In dem Wort Einsamkeit steckt kein Wasser. Die Füße in den nassen Gummischuhen gehören zu einer Frau in einem schwarzen Badeanzug mit gelben Streifen, die einige Stufen über mir nach oben steigt. Der Badeanzug ist Viviens Badeanzug erschreckend ähnlich. Die Form ihrer Unterschenkel und die beim Stiegensteigen gespannten Muskeln ihrer Waden kommen mir auch bekannt vor. Die Ähnlichkeit mit Viviens Beinen ist mir unheimlich. Gleichzeitig wundere ich mich darüber, dass ich mich so präzise an Viviens Beine erinnern kann. Ich muss genauer hinsehen. Ihre glatten blonden Haare sind vom Duschwasser leicht verklebt und wischen an ihren Schultern entlang. Ich entdecke ein schwarzes, großes Mal auf dem Rücken, das sich aus einem Moskito-Stich ausgewachsen haben muss. Auch der blonde Flaum auf ihren Waden kommt mir bekannt vor. Es besteht kein Zweifel: Vivien geht einen Meter über mir die Stufen nach oben in den Beckenbereich des Stadthallenbades. Sie nimmt die letzten Stufen, zwei auf einmal, und verschwindet dann um die Ecke. Ich frage mich, wie sich Vivien gleichzeitig in den USA und im Stadthallenbad aufhalten kann. Vielleicht hat sie ihre USA-Geschäftsreise nur vorgeschoben, um mir besser hinterherspionieren zu können. Wahrscheinlich ist sie mir ins Bad gefolgt und versteckt sich jetzt nicht mehr vor mir, um mit ihrer demonstrativen Anwesenheit einen Fehler von mir zu provozieren. Ich überlege, die Halle zu verlassen, gleichzeitig steigt in mir die Regung auf, die Halle sei mein ureigenstes Territorium und ich hier das Alpha-Tier. Das Männchen darf dem Weibchen nie das Gefühl geben, sein Führungsanspruch stehe zur Diskussion. Ich bin verblüfft von meinem plötzlich einsetzenden Territorialverhalten und lasse mich zurückfallen. Auf den letzten Stufen einen halben Meter unter dem Beckenhabitat bleibe ich stehen. Ich klammere mich am Geländer fest, während die Badegäste an mir vorbei die Stufen nach oben steigen und mich mustern, als hätte ich einen Schwächeanfall. Ich taste mich die letzten Stufen nach oben, bis ich Einsicht auf die Galerie und die Liegestühle habe, ohne gesehen werden zu können. Ich erspähe Vivien unter der Anzeigentafel an der Nordseite der Halle mit den Liegestühlen. Sie legt sich gerade auf einen gestreiften Liegestuhl und legt einen Arm hinter den Nacken. Ich empfinde ihre Anwesenheit wie einen Schnitt durch die Halle und möchte gleich eine unsichtbare Mauer einziehen, wie eine Notwendigkeit, das Hallenhabitat zu markieren. Ich wünsche mir doch nichts anderes, als hier allein gelassen zu werden. Ich gebe mir einen Ruck und nehme die letzten Stufen nach oben, wobei ich mich nahe an die Wand drücke in der kindischen Vorstellung, Vivien könnte mich derart getarnt nicht so leicht aufspüren wie im freien Gelände. Während ich mich die beigen Kacheln entlangdrücke, stelle ich wieder einmal fest, über wie wenig Tarnstrategien der menschliche Körper verfügt. Wäre ich eine Krake, ich könnte Färbung und Muster meiner Hautbeschaffenheit in Sekundenschnelle wechseln. Sogar als Steinfisch wäre ich besser getarnt. Gleichzeitig wüsste ich mich auch vor Tritten zu schützen, da die Steinfische ein tödliches Gift aus ihren Rückenflossenstacheln spritzen, wenn man auf sie tritt. Selbst als Flunder erginge es mir an den Kacheln noch besser, denn sie können sich so flach machen wie eine Sandbank. Über die beste Tarnung verfügt jedoch der Quasten-Wobbegong. Auf seinem Kopf wächst ein Kranz von fleischigen Zotteln, so dass er am Meeresgrund leicht für ein Büschel Meerespflanzen gehalten wird. Wenn sich Fische, Krebse oder Langusten auf ihn niedersetzen, um auszuruhen, schnappt seine Falle zu. Vivien liegt unbeweglich auf ihrem nach hinten geklappten Liegestuhl. Da sie mich nicht zu beobachten scheint, umrunde ich hastig das Becken an der Ostseite. Unter mir tickt die Uhr mit den bunten Zeigern. Mich quält die Vorstellung, die Halle künftig teilen zu müssen. Ich drücke mich in die hinterste und unterste Ecke der Steingalerie auf der Westseite und lasse meinen Blick durch die Halle schweifen. Vivien liegt noch immer bewegungslos unter der Anzeigentafel auf ihrem weißen Plastik-Liegestuhl. Das passt zu ihr, dass sie den kühlen Polarbereich im Norden der Halle ausgewählt hat. Jetzt rührt sie sich. Sie wippt ihren Liegestuhl von der Waagrechten in die Sitzposition, setzt sich auf und wirft einen Blick in die Halle. Dann wippt sie ihren Liegestuhl wieder nach hinten und legt ihre Beine übereinander, wie ich es von ihr kenne. Ich bin schockiert, wie genau ich mich an Viviens Gewohnheiten erinnere. Nichts erscheint meinem Blick neu und überraschend, alles ein gewohnter Anblick, der in mir einrastet, die nervöse Art und Weise, wie Vivien sich kratzt oder sich selbst den Kopf massiert. Im Gegensatz zu ihr könnte ich mich nie entspannen, wenn ich den Blicken der Badegäste so frontal ausgeliefert wäre. Mein neuer Platz hier in der Ecke bietet bessere Tarnung als mein Hochsitz über dem Becken und ist vor Blicken geschützter. Ich habe mich beruhigt und überlege, wie ich mit der neuen Situation umgehen soll. Vielleicht wurden die Verhandlungen mit den Chefs in den USA abgebrochen und sie kam früher zurück als erwartet. Deswegen gönnt sie sich heute einen Tag Erholung im Hallenbad. Oder sie spioniert mir tatsächlich hinterher und macht sich über mich lustig? Ich fühle mich wie aus meinem Paradies vertrieben, kauere in der Ecke und beobachte meine Frau, die auf ihrem Liegestuhl dahindöst. Ich zwinge mich zu einem alltäglichen Blick auf die Turmspringer, doch es gelingt mir nicht. Ich übe mich in der bewegungslosen, kontemplativen Starre der Kaimane, aber ich bin weit entfernt von ihrer meditativen Ruhe. Meine Unruhe wird unerträglich. Ich richte mich auf und beschließe kurzerhand Vivien anzugreifen. Ich gleite die Stufen der Steingalerie hinab und gehe in ihre Richtung. Gewissheit und Entdeckung ziehe ich jetzt der Ungewissheit über die Identität der Rivalin in meinem Revier vor. Ich setze meinen Angriff gezielt und ohne Deckung an ihrer linken Flanke fest. Ich quere die Reihe mit Liegestühlen an der Nordseite des Beckens, bis ich sie erreicht habe. Ich pflanze mich vor Vivien auf und mustere sie. Aus der Nähe betrachtet hat die Frau überhaupt keine Ähnlichkeit mit Vivien. Abgesehen von diesem Badeanzug bzw. ihrer Figur. Da schlägt sie die Augen auf, glotzt mir ins Gesicht und kippt auf ihrem Liegestuhl vor Schreck nach vorne. Sie hält mich wahrscheinlich für einen Spanner, und ich mache mich schnell davon. Ich bin dankbar für die kleine Gerechtigkeit, dass diese Vivien-Doppelgängerin für einen Augenblick genauso erschrocken ist wie ich zuvor. Die Aufregung bleibt mir den ganzen Tag in den Gliedern stecken, auch nachdem die Vivien-Doppelgängerin längst die Halle verlassen hat. Obwohl mich ihre Enttarnung in Jubelstimmung versetzte, kann ich den ganzen Tag keinen klaren Gedanken mehr fassen und schreibe diesen Badetag ab. Die Durchsage für den Badeschluss empfinde ich wie den lang herbeigesehnten Schlusspfiff. Ich weiß nicht, wie ich diese Irritation einschätzen soll. Befindet sich unsere Ehe in einem

Stadium, da so ein Verfolgungswahn die logische Konsequenz ist? Ich hoffe, dass die Vivien-Doppelgängerin morgen nicht in der Halle sein wird. Wer hat schon die Zeit, jeden Tag schwimmen zu gehen? Ich muss künftig genauer hinsehen, doch vielleicht ist diese Verwechslung ein Indiz dafür, dass sich meine Augen bereits dem Wasserhabitat angepasst haben und schon degenerieren, mein Wahrnehmungsapparat an Stelle der Augen mein Gehör optimiert hat, denn unter Wasser muss ich ja nicht so gut sehen können. Ich verlasse den Beckenbereich, steige die Stufen hinunter zu den Duschen und stelle mich in eine der Nischen. Mir schräg gegenüber steht ein glatzköpfiger Albino. Er starrt abwechselnd in die angrenzenden Duschnischen, dann wieder an die gekachelte Wand vor sich und schreit in unregelmäßigen Abständen etwas Unverständliches wie Ahab, Ahab, Ahab, während das Wasser auf seine Glatze zischt. Ich wende mich ab und streiche diesen Tag aus meinem Logbuch.

Ich schrecke aus dem Schlaf und setze die Bruchstücke des Traums zusammen, den ich auf die Lektüre vom Vorabend zurückführe: ich verwandelte mich in den an der Außenmauer unseres Wohnhauses befestigten Zigarettenautomaten. Einige Passanten kamen auf mich zu, warfen Münzen in mich ein und drückten an meinem Bauch herum, doch ich hatte keine Zigaretten mehr vorrätig. Da schlug einer der Passanten mit der geballten Faust auf meinen Brustkorb, damit ich seine Münzen wieder ausspuckte, aber ich hatte die Münzen schon verschluckt. Seinen Schlägen gesellten sich die Hiebe anderer Passanten hinzu. Ich versuchte mich mit meinen Armen, von denen Quasten herabhingen, zu schützen, doch es kamen immer mehr Passanten hinzu, die auf mich einschlugen, auch solche, die gar kein Geld in mich eingeworfen hatten. Sie schlugen so lange auf mich ein, bis ich aus der Verankerung riss und krachend zu Boden fiel. Sie wollten schon auf mich treten und mich vollends niedertrampeln, da verwandelte ich mich in einen asphaltgrauen Rochen und schwamm einfach davon. Ich sitze in meinem Bett und nehme mir das Buch über die Ordnung der Haie und blättere darin, bis mir auf einer Doppelseite einige der vielseitig tarnfähigen Rochen entgegenschwimmen.

Meine Bequemlichkeit kämpft seit heute Morgen gegen meine Abenteuerlust an. Bevor ich hinauf in den Hallenbereich gehe, werfe ich nach dem Zufallsprinzip einige Zettel mit Graffitis in die Schlitze der Spinde: `Kasperl` in Spind 438, `Kummer` in 380, `Österreich halts Maul` in Spind 467 und `Ich` in 417. Ich verspüre einen nervösen Kummer und weiß nicht, ob ich heute für das Abenteuer auch wirklich gerüstet bin. Mein Ärger über die Formalitäten der Anmeldung schwingt bei diesem Missmut noch mit, doch ich tröste mich mit dem Gedanken, dass sogar ein Abenteurer wie Christopher Columbus seine Entdeckungsreise in die Neue Welt bei Isabella I. anmelden musste. Ich finde mich am vereinbarten Treffpunkt unter dem Metallgestänge der Tribüne ein. Wir holen Brillen, Flossen und Sauerstoffflaschen aus einem vergitterten Käfig und tragen die Geräte zum Beckenrand vor dem breiten Panoramafenster an der Ostseite. Unsere Tauchgruppe besteht aus einem Ehepaar und ihren zwei Buben, die wahrscheinlich von ihren Eltern überredet wurden, mit ihnen tauchen zu gehen. Sie wirken nicht besonders glücklich, aber vielleicht muss man zu so einem Hobby in jüngeren Jahren gezwungen werden. Der Neopren-Tauchanzug umhüllt mich mit stofflicher Wärme wie der Blubber eines Wals. Der Tauchlehrer zeigt uns, wie wir die Tauchjacke anziehen müssen und wie man das Mundstück reinigt. Durch die Halle zischt das Geräusch der pfeifenden Luft, die wir durch Schläuche und Sauerstoffgeräte jagen. Tauchlehrer Albert erklärt den Druckausgleich und zeigt uns, wie man die Brillen anfeuchtet. Die Buben haben ein bisschen Angst, aber die Mutter und der Vater beruhigen sie. Wir spucken in unsere Brillen, rücken sie zurecht und lassen uns rücklings ins Wasser fallen. Ich sinke auf Grund und hopse, von meiner schweren Tauchausrüstung immer wieder nach unten gezogen, am Boden auf und ab, während ich mich frage, was ich hier eigentlich mache. Ich betrachte die

Mitglieder der Kleinfamilie, die jetzt am Boden im Halbkreis einander zugewandt sitzen und sich aufgeregt zuwinken. Sie schneiden hinter ihren dicken Taucherbrillen Grimassen und geben sich unbestimmte Zeichen. Tauchlehrer Albert gleitet tauchend in meine Richtung und deutet mir, ich möge mich doch zu ihnen auf den Boden gesellen, aber ich schüttle nur den Kopf und betrachte die silbrigen, aufsteigenden Sauerstoffblasen. Er macht das Zeichen für die Frage, ob alles in Ordnung sei. Ich nicke mit meinem schweren Kopf und recke den Daumen nach oben, obwohl mir diese Geste zuwider ist und ich den Daumen lieber in Anbetracht der menschlichen Gesamtexistenz nach unten strecken möchte. Ich steige ein bisschen höher, damit Tauchlehrer Albert zufrieden ist. Nach einigen kräftigen Bewegungen ist er wieder bei der Kleinfamilie und setzt sich in ihren Halbkreis. Ich tauche eineinhalb Meter über der Gruppe und schwebe wie ein böser Engel über ihnen. Als wir die Tauchgeräte zurück in den vergitterten Verschlag tragen, höre ich mit, wie sich der Familienvater nach Tauchmöglichkeiten an der Elfenbeinküste erkundigt. Ich freue mich für ihn, dass er so viel verdient, um sich für die ganze Familie einen Tauchurlaub leisten zu können. Da fällt mir ein Ölgemälde von Gerhard Richter ein, auf dem sich eine Familie mit Selbstauslöser am Strand ablichtet. Ich fände das Bild besser, wenn die Familie die Kamera mit dem Selbstauslöser im Hallenbad aufgestellt hätte. Mir gefällt das Wort Selbstauslöser, das auf eine unheimliche Weise auf jede mögliche Entwicklung unseres Daseins zutrifft: Ich bin mein eigener Selbstauslöser. Warum haben Vivien und ich es nicht zuwege gebracht, mit unseren zwei Buben am Boden eines Schwimmbeckens zu tauchen, uns für andere unverständliche Zeichen zu machen und von einem gemeinsamen Urlaub an der Elfenbeinküste zu träumen?

Auf dem Nachhauseweg sehe ich wie jeden Abend den Zeitungskolporteur in seinem neongelben Mantel an der Straßenecke stehen. Er macht Gymnastik und schlägt sich dabei auf die eigenen Oberarme, um die windige Kälte abzuschütteln. Aus der Distanz wirken die neben ihm ausgebreiteten, hellen Zeitungen, die sich von der kalten Dunkelheit der Straße abheben, wie sein Floß, von dem er für einen Augenblick zur Rast abgestiegen ist. Ich gehe auf ihn zu. Auf einer der Zeitungen ist eine prominente Opernballbesucherin in einem eleganten roten Abendkleid abgebildet. Darüber ist die Schlagzeile zu lesen: `KRIEGSGEFAHR IM IRAK.` Ich kaufe die Zeitung. Zuhause überblättere ich die Rubrik Politik und bleibe bei einem Chronik-Artikel mit der Überschrift `MIT HAARSPRAY NIEDERGESCHLAGEN` hängen. Auf die Frage, warum er einen Unbekannten mit einem Haarspray krankenhausreif geschlagen habe, gab ein Mann gegenüber der Polizei zu Protokoll, er sei zuerst zur Getränkeabteilung gegangen, wo eine Frau genau an jener Stelle vor dem Regal gestanden sei, wo sich seine Lieblingsbiermarke befunden habe. Als er dann zur Brotabteilung gegangen sei, habe ein Supermarktverkäufer genau an jener Stelle, wo seine Knäckebrotsorte stehe, frische Waren ins Regal eingeschlichtet. Als er dann zur Abteilung mit den Milchprodukten gekommen sei, habe dort wiederum ein Mann im Zugriffsbereich seines Lieblingsfrischkäses gestanden. Der Kunde habe in aller Ruhe zwei Käsesorten in seinen Händen abgewogen, ohne Anstalten zu machen, ihn an seine Waren heranzulassen. Daraufhin sei ihm der Kragen geplatzt. Er habe aus dem Regal mit den Kosmetikartikeln den Haarspray mit 30 % Plus-Gratisinhalt herausgenommen, sei zurück zu dem Regal mit den Milchprodukten und habe so lange auf den Hinterkopf des Mannes eingeschlagen, bis dieser bewusstlos zusammengebrochen sei und er dem Regal in Ruhe seinen Lieblingsfrischkäse entnehmen habe können.

Das Kajak schaukelt bereits in meinem Kopf oder ist es nur meine Phantasie, die schon im Kajak schaukelt, während wir die Boote aus dem vergitterten Stauraum unter dem Metallgestänge der Tribüne hervorziehen? Neben mir hantiert ein etwa 40-jähriger Kajakschüler und sagt zu seinem Nebenmann, er wolle im Sommer den Mississippi hinunterpaddeln. Sein Gesprächspartner will das Donaudelta durchqueren. Nachdem ich in das türkise Kajak geschlüpft bin und mit Hilfe von Kajaklehrer Gilbert abgedichtet habe, gleite ich ins Kinderbecken. Ich habe das Gefühl, als wären meine Beine amputiert worden und mir stattdessen ein schwimmbarer Plastikpanzer am Hintern gewachsen. Ich schaukle ungeschickt und warte, bis sich Kajaklehrer Gilbert mir zuwendet und mich betreut. Er schaut meinem Nebenmann aufmerksam und kritisch bei der Eskimorolle zu, die er uns beim Kajakkäfig unter der Tribüne noch einmal theoretisch erklärt hat: Paddel anlegen! Auf schwächere Seite fallen lassen! Mit Ruder unten durchholen und das Becken nach oben drücken! Ich lasse mich auf meine linke Seite fallen und schon hänge ich wie eine Kerze nach unten, der Aluminiumboden des Kinderbeckens über mir. Durch das in Nase und Hirn strömende Chlorwasser verspüre ich einen beißenden Schmerz. Aus eigener Kraft komme ich nicht mehr hoch. Dann merke ich endlich, wie sich das Kajak von fremder Hand langsam dreht und ich auf der anderen Seite wieder an die Oberfläche komme. Das war zu wenig Schwung! Kajaklehrer Gilbert grinst zwischen seinen blonden, schulterlangen Haaren. Aus seinem braun gebrannten Gesicht blitzen perlweiß schöne Zähne hervor: Fest einrollen! Neben mir rollt sich eine junge Frau mit hochgesteckten Haaren fest ein. Sie beherrscht die Eskimorolle schon ganz gut, kentert das Boot immer wieder durch, um wie eine Rodeoreiterin aus dem Wasser an die Oberfläche zu schießen. Es ist geil, wenn du es kannst! Der Trickser im roten Kajak neben mir grinst der

Rodeoreiterin idiotisch zu. Ich will zurück zu meinem warmen Platz auf der Steingalerie. Jetzt ärgere ich mich schon darüber, dass ich mich überhaupt für diese Schnupperkurse angemeldet habe. Vielleicht schwang die Überlegung mit, ich könne beim Kajakfahren oder Tauchen eine Frau kennen lernen, die mit mir die Wolga hinunterpaddeln würde. Wohin auch immer. Ich versuche im zittrig schaukelnden Kajak ein letztes Mal die Eskimorolle alleine. Ich habe die höhnischen Blicke meiner tricksenden Nebenleute vor mir. Paddel anlegen, auf schwächere Seite fallen lassen … Ich falle wie ein schwerer Mehlsack zur Seite und hänge wieder kopfüber vom Kajak wie das Bleigewicht eines Bootskiels unter Wasser. Ich versuche, mich durchzurollen, hochzudrehen, greife mit der rechten Hand an den Rumpf des Kajaks, wie wenn ich mich am Hintern kratzen wollte – ich komme nicht mehr hoch. Ich möchte atmen, schlucke Wasser, warte auf die rettende Hand von Kajaklehrer Gilbert, ich ringe um Luft, rudere sinnlos ins Leere, lasse das Paddel fallen, niemand dreht mich um, ich schlucke mehr Wasser, jetzt die in alle Glieder einströmende Angst, hilflos ich, der Kopfstand unter Wasser, das Chlor in Nase und Mund, ich höre meinen gedämpften Schrei unter Wasser, ein gedämpftes Brüllen, als wäre mein Gesicht gewaltsam auf einen Kopfpolster gepresst worden, ich schlucke Wasser. Da spüre ich endlich Bewegung am Rumpf des Kajaks, das sich langsam mit mir nach oben dreht. Kajaklehrer Gilbert grinst mich an, ich blicke in die Runde der belustigten Kajakfahrer und bemerke, wie sie in sich hineinkichern. Ich ringe nach Luft: Das war knapp! Kajaklehrer Gilbert schüttelt ruhig seine blonden Zotteln: Man braucht weniger Kraft, als man glaubt!

Es gibt keinen triftigen Grund, warum ich auf dem Weg nach Hause das Reisebüro betrete, Rache schließe ich aus. Eine blond gemeschte junge Frau in einem roten Pullunder sitzt hinter einer Tischlandschaft mit Computer-Bildschirmen und fragt mich, was ich wünsche. Sie hat einen schiefen Schneidezahn, der etwas aus dem Mund steht. Einige Partikel ihres knallroten Lippenstiftes kleben auf dem Zahn. Ich interessiere mich für Abenteuerurlaube, Whale Watching oder Korallentauchen. Sie nickt, bittet mich Platz zu nehmen und sucht mir einige Angebote heraus. Während sie mit Ordnern hantiert, lasse ich meinen Blick durch das mit Werbeplakaten vollgepflasterte Zimmer gleiten. Wir hätten da gerade ein Angebot: Tauchen an der Küste Südafrikas. Sie schiebt mir einen aufgefalteten Prospekt über den Tisch. Mein Blick fällt auf eine lächelnde Blondine im Tauchanzug, dessen aufgezippter Reißverschluss einen tiefen Einblick in das Dekolleté freigibt.

```
Wollt ihr nicht mit uns zum Tauchen mitfliegen,
auf eine kleine Insel in ein Landhaus mit Pool?
Und viele spannende Events über und unter Wasser
mit uns im Team erleben?
Kostenloser Tauchkurs inbegriffen
```

Ich blättere im Prospekt, während die langen lackierten Fingernägel der Angestellten unangenehm auf dem glatten Plastik der Tastatur klappern. Es gibt Angebote nach Ägypten ans Rote Meer oder zum Indischen Ozean. Auf einem Foto sitzen lauter glückliche, braun gebrannte Urlauber neben ihren Tauchgeräten rund um einen Swimmingpool. Wir hätten da jetzt ganz billig ein Angebot auf die Insel Crozo mit Wracktauchgängen. Haben Sie einen Tauchschein? Ich möchte schon

Ja sagen und ihr erzählen, dass ich mit meiner Frau in jüngeren Jahren einen Tauchkurs an der Algarve absolviert habe, aber dann schüttle ich den Kopf. Sie sagt: Kein Problem. Ein Tauchlehrgang vor Ort mit Tauchschein ist inkludiert. Gratis. Normalerweise gibt das einen Aufschlag. Wir hätten auch kombinierte Reisen wie Segeln mit Skipper und Kojencharter mit einem Tauchbasisangebot auf der Yacht. Ich schüttle den Kopf: Gibt es nicht Tauchen kombiniert mit Whale Watching? Die Angestellte schaut mich entgeistert an, dann verdreht sie die Augen und kichert in sich hinein. Das müssten Sie sich privat kombinieren! Sehr gefragt ist im Moment eine Südafrika-Panorama-Safari-Entdeckerreise, wo sie zum Beispiel die Garden Route im Robberg-Naturschutzpark machen können. Ich betrachte die silbern schimmernden Meschen der Frau, deren Haare gerade über ihre Schultern hängen. Ich mag den schiefen Zahn, aber ihre Lippen sind schlecht geschminkt, sodass der Lippenstift etwas ausfranst. An Vormittagen können Sie Wanderungen im nahe gelegenen Robberg-Naturschutzpark mit seinen einsamen Stränden und herrlichen Ausblicken unternehmen. Das wäre doch etwas? Die Nachmittage stehen Ihnen zum Baden und für endlose Strandspaziergänge zur freien Verfügung! Optional könnten Sie an einer Whale Watching Tour teilnehmen und noch einen Tauchlehrgang dazukombinieren. Sie berauscht sich an ihrem eigenen Angebot und tippt hastig in den Computer ein. Jetzt wollen Sie natürlich wissen, was das alles kostet? Ich frage: Fahren Sie da auch mit? Die Reisebüro-Angestellte hält kurz inne, dann lächelt sie professionell entschuldigend. Fahren Sie da nicht mit? Nein, wir organisieren die Reisen nicht selbst. Wir vermitteln Sie nur, ich bin keine Reiseleiterin, aber es gibt dort auch Clubs für Singles … Ich überlege, ob ich noch aufdringlicher werden soll, aber ich lasse es bleiben. Ich komme mir schäbig vor, stehe auf und bedanke mich, so herzlich es geht. Die Prospekte können Sie mitnehmen! Die Angestellte lächelt knapp und etwas frostig, dann erklingt wieder das unheimliche Klappern ihrer Fingernägel auf den Plastiktasten der Tastatur.

Vivien schreibt aus Detroit. Sie seien dabei, eine Kontrolleinheit zu initialisieren und ein entsprechendes Informationsprogramm zu optimieren. Sie habe eine neue SOD zugeteilt bekommen und solle die Effizienz optimieren, das Übliche, obwohl die gesamte Abteilung schon wackle, man werde sehen. Es gehe ihr gut. Sie hätten ihr trotz Personalabbau und Umstrukturierungen den USA-Export übertragen. Vielleicht auch gerade wegen der Umstrukturierungen. Das wisse man nie so genau. »In Wien wird schon wieder downgesized und irgendwie geben sie mir zu verstehen, dass das meine große challenge ist!« Morgen fahre sie weiter nach Seattle. Die USA seien ein seltsames Land. Ich frage mich, was sie sich dabei denkt, wenn sie mir in der Tonart eines alten Schulfreundes schreibt. Ich bin heute besonders empfindlich gegenüber dem Surren des Computers. Ich möchte wissen, warum das Computer-Surren in der öffentlichen Diskussion überhaupt kein Thema ist. Es heißt immer: Sie verbringen ein Drittel Ihres Lebens im Bett. Sorgen Sie für Hygiene gegen Milben und Hautschuppen in Ihrem Bett. Aber nie ist zu lesen: Sie verbringen ein Drittel Ihres Lebens vor dem surrenden Computer. Sorgen Sie für Stille in Ihrem Leben! Unternehmen Sie etwas gegen das Surren in Ihrem Kopf! Vivien schreibt, Seattle sei eine langweilige Geschäftsstadt. »Bin am Sprung, V.« Ich fahre den Computer hinunter, gehe in unser Schlafzimmer und suche in der Kommode zwischen Viviens Unterhosen nach ihrem schwarzen Badeanzug mit den gelben Streifen. Ich finde ein weißes T-Shirt mit dem Aufdruck einer bunten Zahnpasta und dem Firmenlogo, lege es zurück und ziehe ihren Badeanzug zwischen den Unterhosen hervor. Dann gehe ich ins Badezimmer, ziehe mich aus und schlüpfe in Viviens Badeanzug. Er ist eng und zwickt zwischen den Oberschenkeln. Ich drehe mich vor dem Spiegel hin und her, um die eigene Achse, begutachte meinen Hintern in Viviens Badeanzug. Dann gehe ich zurück ins Schlafzimmer und fische aus der Kommode eine ihrer gestärkten hellblauen Nylon-Jacken. Die Jacke ist beinahe so hart wie ihr Trolleykoffer und bauscht sich steif. Vivien hat ein ganzes Sortiment dieser gestärkten Jacken, die mir immer wie maßgeschneiderte Brustpanzer vorkamen. Ich trage die Jacke durch die Wohnung, drapiere sie auf der Lehne der Couch und betrachte sie aus verschiedenen Blickwinkeln. Dann lege ich sie auf die Küchen-Kredenz, dahin, wo ich früher immer die Haikus deponiert hatte. Juhuhui. Juhuhä. Juhuhui. Juhuhä. Ohne zu überlegen nehme ich den Hörer ab. Es ist Viviens Vater. Er will wissen, wie es unserer Tochter Emilie geht. Ich streiche mir über meinen Bauch in Viviens Badeanzug und sage: Gut! Ich habe keine Lust, über Emilie zu reden. Nach dem Schlaganfall hatte ich ein paar Mal versucht, ihm Emilie auszureden, aber ich hatte Angst, er könnte wieder einen Schlaganfall bekommen. Er fragt: Bist du alleine mit dem Kind? Sie ist eine schlechte Mutter. Vivien ist keine gute Mutter. Ich lache in den Hörer. Er fragt: Bist du betrunken? Du bist ja betrunken! Ich lache weiter. Er schreit: Die Frauen müssen wieder Kinder kriegen. Ganz recht. Kinder zahlen die Hälfte. Ich höre nicht auf zu lachen, da schreit er: Man fühlt sich nicht mehr sicher. Ich sage: Ich lege jetzt auf. Ich höre das tänzelnde Tuten des Telefons, dann lege ich den Hörer auf die Gabel. Ich schlurfe ins Bad, um mir Gesicht und Hände zu waschen, ich habe keine Ahnung, ob es im Badezimmer nach Chlor riecht oder nicht. Mein Blick fällt auf die von Vivien zurückgelassenen Toilettenartikel, die sich auf der gläsernen Abstellfläche unter dem Spiegel mit meinen Tuben, Cremes und Rasiersachen vermischen. Mein Nassrasierer liegt zwischen einer Creme und einem durchsichtigen Parfumfläschchen von Vivien. Unsere Zahnputzbecher berühren sich und sehen aus, als würden sie sich aneinander schmiegen wie ein Paar, das sich in einer fremden Stadt vor einer Sehenswürdigkeit von einem Passanten fotografieren lässt. Am besten gefällt mir mein Nagelzwicker, der bequem auf einer von Viviens Proben für eine Gesichtscreme liegt, die sie bei irgendeinem Einkauf in der Parfümerie geschenkt bekommen haben muss. Unsere Toilettenartikel vermischen sich unbefangen und unkompliziert. Nach der ersten Flasche Wein wanke ich etwas unsicher ins Schlafzimmer und suche mir drei Paar von Viviens Socken aus dem Schrank. Im Wohnzimmer jongliere ich mit den Socken so lange, bis ich es hundertmal geschafft habe, und lasse mich dann glücklich und erschöpft auf die Couch fallen. Viviens Badeanzug knackst und ich fürchte, dass eine Naht aufgegangen ist. Ich gehe ins Schlafzimmer, ziehe ihren Badeanzug aus und meinen Schlafanzug an. Wieder auf der Couch drehe ich mein Gesicht der gegenüberliegenden Häuserfront zu. Der Anblick der bläulich aufflimmernden Zimmer beruhigt mich und bringt mich nach meinem Kopfstand unter Wasser wieder ins Gleichgewicht. Ich halte mir die Nase zu und blase meine Ohren frei, die vom Wasser noch etwas verstopft sind. Man braucht weniger Kraft, als man glaubt! Ich höre noch immer diesen zweideutigen Satz des Halbstarken im Kajak. Wahrscheinlich bin ich tatsächlich nichts als ein unbegabter Kajakschüler, der in einem viel zu klein bemessenen Kinderbecken erfolglos seine Kajakrollen übt. Und doch: Es braucht weniger Kraft, als man denkt. Ich überfliege die auf dem Couchtisch verstreuten Reiseprospekte mit ihrem Dauerhimmelblau, glückstrahlende Gesichter auf jeder Doppelseite, ehrgeizige Wanderer oder Handtaschen-Pioniere auf gezähmten Elefanten, gaffende und knipsende Whale Watcher in ihren schwimmenden Särgen, blauer Himmel überall. Ich stelle die Flasche Wein auf die Prospekte und beobachte, wie das Hochglanzpapier des Prospektes die kühlen Tropfen des Kondenswassers an der Flasche aufsaugt.

Sperren sie jetzt schon das Becken? Die Frage überrascht mich wie eine Bissattacke von hinten, und ich tauche blitzschnell ab. Als ich wieder auftauche, entdecke ich den Kopf eines asiatischen Mädchens, das nach mir Ausschau hält. Sie scheint an mir vorbeizusprechen, ich drehe mich um, aber sie muss mich meinen, sie sagt: Ich bin erst vor 20 Minuten gekommen. Und jetzt sperren sie schon das Becken? Ich sage: Am Mittwoch immer. Immer für die Sportler. Am Mittwoch. 16 Uhr Badeschluss. Sie sagt schnell: Danke, und schwimmt an mir vorüber. Ich frage mich, ob ich wie der Bademeister aussehe, wenn man sich bei mir immer nach den Öffnungszeiten erkundigt. Auf dem Zehn-Meter-Turm steht jetzt die Springerin mit dem türkisen Badeanzug. Sie reibt ihre Arme, Beine und Schultern mit einem Ledertuch ab, denn die Profis springen nicht nass. Zurück auf meinem angewärmten Badeplatz trockne ich mich mit meinem Frotteetuch ab. Da kommt das asiatische Mädchen unten am Beckenrand vorbei. Sie blickt zu mir herauf und schüttelt den Kopf: Ich habe es nicht gewusst! Sie schaut mich mit vorwurfsvollen Augen an. Ich steige die breiten Stufen der Steingalerie hinunter. Warum hat Ihnen an der Kassa niemand gesagt. Dass sie das Becken sperren? Ich setze mich auf die unterste Stufe neben dem Becken. Die verschachtelten schwarzen Augen und schwarzen Haare des Mädchens erinnern mich an die Sängerin Björk. Ich sage: Ich würde mich beschweren. Beschweren Sie sich doch, vielleicht bekommen Sie das Geld zurück. Sie schüttelt wieder den Kopf: In Japan wäre das undenkbar. Hinter dem Mädchen taucht jetzt der massige Körper des Bademeisters auf, der eine Hawaiishort in den Farben des Hallenbad-Logos trägt. Er spricht etwas seitlich aus seinem Mund heraus, als ob er eine geheime Information weiterzugeben hätte: Ab vier ist die Halle wegen der Sportler gesperrt. Bitte verlassen Sie die Halle! Ich sage: An der Kassa hat man ihr das aber nicht gesagt. Die junge Dame ist erst vor 20 Minuten gekommen. Der Bademeister nickt: Das ist nicht mein Problem. Da müssen Sie sich an der Kassa beschweren! Ich stehe auf, hole meine Badesachen, und wir verlassen gemeinsam den Beckenbereich. Während wir in unseren quatschenden Badeschuhen schweigend nebeneinander hergehen, verspüre ich den Wunsch etwas zu sagen, aber ich sacke in mich zurück, während wir die Stufen zum Duschbereich hinuntergehen. Sie sagt: Ich bin fast jeden zweiten Tag hier, aber am Mittwoch war ich noch nie! Wir bleiben unschlüssig vor der Tür zum Duschbereich der Männer stehen und instinktiv möchte ich die Tür schon öffnen, um sie für das Mädchen aufzuhalten. Da sage ich schnell: Ich bin jeden Tag da! Bis übermorgen dann. Sie verabschiedet sich knapp und stirnrunzelnd, als wäre ihr die unangemessene Intimität unserer Begegnung in Badekleidung mit einem Mal bewusst geworden.

Der junge, dunkelhaarige Mann schreibt tief versunken, sein Gesicht nur wenige Zentimeter vor dem Plakat des kleinen Kanzlers. Er macht einen Schritt nach hinten, dann rückt er sein Gesicht wieder ganz nah an das Plakat heran und fährt die Lettern noch einmal einzeln nach, seine linke Hand auf die Schultern des Kanzlers gestützt. Er betrachtet sein Werk zufrieden: FUTT IS GUTT steht auf der Stirn des Bundeskanzlers geschrieben. Er zieht noch einmal das letzte T nach. Dann schlendert er ein paar Meter weiter zum hinteren Bereich der Haltestelle, wo er sich eine Zigarette anzündet und dem Rauch hinterherschaut. Ich beobachte ihn durch die spiegelnden Scheiben eines Schaufensters, in dem die bunten Gerippe von Handy-Deckblättchen aufgetürmt sind. Ich beschließe, die nächste Straßenbahn abzuwarten. Mir gefallen die linkisch unschuldigen Bewegungen des jungen Mannes, der seinen Körper vom Tatort umständlich wegdreht. Nachdem er in die Straßenbahn eingestiegen ist, gehe ich hinüber zu dem Plakat, zücke meinen Stift und schreibe unter das FUTT IS GUTT auf das Kinn des Kanzlers: MEIDET DAS MEER! Ich trete zurück und begutachte, ob Bild und Schrift miteinander korrespondieren. Über dem Kopf des kleinen Kanzlers steht: VERANTWORTUNG FÜR ÖSTERREICH. Ich bin mit unserem Werk zufrieden und beschließe nach Hause zu gehen. Der Himmel ist bedeckt von einer rosafarbenen Wärmedecke aus Wolken, die bleiern über der Stadt hängt. Ich setze mich in das dunkle Wohnzimmer auf die Couch und beobachte das abendliche Geschehen im Nachbarhaus. Im zweiten Stock läuft ein Kleinkind mit nacktem Hintern in das Innere der Wohnung und verschwindet hinter einer Tür. Im dritten Stock flimmert mit trauriger Gewissheit immer um diese Zeit der Fernseher in einem schlecht beleuchteten Fernsehzimmer, an dessen Seitenwand sich wie eine Krake der Schatten eines Gummibaums abzeichnet. Ich lege die Björks-Greatest-Hits-CD in den CD-

Player ein. Beim zweiten Lied beginnt die CD zu springen: trillernd, nervös, digital. Ich höre fünfmal das erste Lied der Björk-CD, bis ich es nicht mehr aushalte.

Millionen von Haien haben in Millionen von Jahren Millionen von Zähnen verloren. Auf dem Weg ins Schwimmbad geistert mir dieser Satz wie ein Ohrwurm durch den Kopf und ich sage ihn immer wieder laut vor mich her, immer schneller und schneller, bis ich mich verspreche. Er stammt aus einem Buch über die Haie, aber ich bekomme den Satz einfach nicht aus dem Gedächtnis: Millionen von Haien haben in Millionen von Jahren Millionen von Zähnen verloren. Sie entdeckt mich, als ich unter der Uhr mit den bunten Zeigern vorübergehe. Das asiatische Mädchen sitzt auf meinem Stammplatz auf der Steingalerie, was mich im ersten Moment erschreckt. Wir geben uns die Hand und begrüßen uns, und ich breite mein blaues Handtuch neben ihrem aus. Ich bin nicht vorbereitet auf unser Wiedersehen. Haben Sie Ihr Geld zurückbekommen, frage ich unbeteiligt und streiche mein noch feuchtes Handtuch auf dem warmen Stein glatt. Nicht gleich, sagt sie, ich musste es zehnmal erklären. Sie heißt Yukiko, und ich schlage ihr das Du-Wort vor. Sie nickt und erklärt mir, dass man in Japan nicht so einfach Du sagen könne: In Japan gibt es sieben verschiedene Formen der Anrede: temae, omae, kimi, amata … Ich höre ihr beiläufig zu. Sie sagt, ihr Vater sei Geschäftsmann. Ich studiere immer da, wo er gerade ist. Jetzt ist er in Wien! Sie studiert Japanologie und Philosophie. Sie kennt viele Hallenbäder in Europa und den USA. Die Hallenbäder geben mir das Gefühl, dass etwas gleich bleibt. Ich sage: Der Chlorgeruch ist überall derselbe. Ja, sagt sie. Sie fragt mich, ob ich Urlaub habe. Ich habe keine Lust, über mich zu reden, und erfinde eine Geschichte: Ich sei Meeresbiologe. Ein Meeresbiologe im Hallenbad? Ja. Ich konnte meine Dissertation über den Quastenflosser nicht fertig schreiben wegen einer Sonnenallergie. Ich kann nicht mehr in die Sonne, ans Meer. Wir schweigen eine Weile und schauen den Schwimmern zu. Mir ist unser Wiedersehen unangenehm. Ich höre gerade eine

Vorlesung über die Kulturgeschichte des Wassers, sagt Yukiko mechanisch. Während mich ihre Silben berieseln, überlege ich, wie ich sie abwimmeln könnte. Yukiko sagt: Das Wasser hat ein gutes Gedächtnis. KAJI WO TAE/ YUKU FUE NO/ TAYORI MO SHIRANU/ OKITSU SHIOKAZE Ausgeliefert dem Meerwind/ Treibe ich auf dem Wasser/ Wie ein ruderloses Boot/ Das den Hafen von Yura sucht. Ich frage: Warum? Yukiko unterbricht mich: Das Gedicht ist 800 Jahre alt. Sie nickt beflissen. Ich sage: Warum kannst du das Gedicht auswendig? Wir haben solche Gedichte auswendig lernen müssen. Ich verfolge den Sprung eines dicken Jungen vom Ein-Meter-Brett. Da fragt Yukiko auf einmal: Bist du verheiratet? Ich erzähle ihr von Vivien. In knappen Sätzen. Das wenige, das noch ist. Wir schwimmen auf verschiedenen Bahnen: Sie auf Bahn 1, ich auf Bahn 7. Yukiko schaut durch mich hindurch. Willst du einen Rat? Kommt darauf an. Einst schrieb ein Mann einer Frau ein Gedicht. Sie hat den Liebesschwur gebrochen, der durch Wasser besiegelt worden war. Er schrieb: Aus ihren Händen tranken sie/ das Perlenwasser/ des Brunnens von Ide/ Die Hände hielten das Wasser/ Doch konnten sie die Liebe nicht halten. Ich sage: Ja? Yukiko schüttelt ungeduldig den Kopf. Das ist noch nicht das Ende. Das Ende geht so: Eine Antwort erhielt er von der Frau nicht! Eine Antwort erhielt er von der Frau nicht? Das ist das Ende? Ja, das ist das Ende: eine Antwort erhielt er von der Frau nicht. In ihrem Gesicht liegt der Anflug eines spitzen Lächelns. Eine ausufernde Freundlichkeit huscht über ihr Gesicht, während ihr Blick an mir vorbei ins Leere zielt. Sie fragt: Gehen wir schwimmen? Sie springt die Stufen der Steingalerie hinunter und blickt mich vom Beckenrand auffordernd an. Dann lässt sie sich ins Wasser fallen. Das war nicht vorgesehen. Yukiko taucht auf und winkt mir vom Becken aus zu.

Gegen Abend erfasst mich eine unangenehme und ungewohnte Unruhe, die sich durch mein exzessives Rauchen noch verstärkt. Yukiko erzählte mir, wie ihr Name zustande kam: In Japan sei die Namensgebung für Kinder ein richtiges Kunstgewerbe. Man könne Rufnamen auch erfinden oder erfinden lassen. Es gäbe den Berufszweig der professionellen Namenserfinder, die die Eltern gegen Bezahlung beraten. Und manchmal erfinden alle zusammen den Namen des Kindes. Bei ihr hätten tagelange Beratungen und Sitzungen stattgefunden, bis sich endlich alle auf einen Namen einigen konnten: Schneekind. Ich überlege, welchen Namen ich für mich erfinden würde: Mönchsfisch? Quastenflosser? Einsiedlerkrebs? Da die Erfindung des Namens ungerechterweise den Erzeugern vorbehalten bleibt, erübrigen sich alle Spekulationen darüber, doch der Job als Namenserfinder würde mir gefallen. Die Häuserfront gegenüber wirkt heute belebter als sonst: In der Wohnung neben der türkischen Familie im zweiten Stock hockt ein Mann vor einem Computerbildschirm, der sein Gesicht weiß färbt wie Kalk. Im dritten Stock glüht ein Zimmer in den konvulsivischen farbigen Zuckungen der Fernsehbilder auf. Aus meiner Perspektive habe ich Einsicht auf einen schmalen Ausschnitt des Bildschirms, von dem die bunten Bilder eines Zeichentrickfilms flimmern. Für einen Augenblick habe ich den Eindruck, das Geschehen im Haus gegenüber wäre nichts anderes als die zur Endlosschleife montierten Sequenzen eines Films. Die türkische Familie im zweiten Stock ist die einzige weit und breit, die Kinder hat. Bei ihnen läuft der Fernseher nebenher mit, wie eines von vielen Kindern, dem nicht mehr Aufmerksamkeit geschenkt wird als den anderen Familienmitgliedern. Der Mann sitzt in einem weißen Unterhemd auf der Couch vor dem Fernseher, der zwischen den beiden Wohnzimmerfenstern stehen muss. Jetzt kommt seine Frau herein und setzt ihm das Baby auf den Schoß, während er isst. Das

Baby lenkt den Mann vom Fernsehen ab, er spielt mit ihm und füttert es mit seinem Essen. Ich empfinde heute Abend für die Bewohner des Nachbarhauses zärtliches Mitleid. Ich dämpfe meine Zigarette im Aschenbecher auf der Fensterbank aus und überlege, ob ich Vivien einen Brief schreiben soll. Ich würde ihr gerne ein paar Zeilen schreiben, aber ich weiß nicht, was. Beim Anblick der flimmernden Fernseher im Haus gegenüber wird mir klar, dass die Zuschauer der Gladiatorenspiele im alten Rom weniger barbarisch waren als die Fernsehzuseher heute. Vielleicht wäre das der Anfang meines Briefes an Vivien, aber ich glaube nicht, dass sie das jetzt interessieren würde. Ich schlurfe ins Badezimmer und betrachte mein Gesicht im Spiegelschrank: Seit neuestem lasse ich mir den Bart stehen.

Yukiko sitzt eine Stufe über meinem Stammplatz auf der Steingalerie. Ich habe diesen Platz in der Mitte der Galerie nicht unüberlegt ausgewählt. Es war ein Kompromiss zwischen der Sicht auf das Becken und der unmittelbaren Nähe zum Geschehen. Yukiko winkt mir zu. Während ich unter der Uhr vorübergehe, wird mir klar, dass ich meinen Stammplatz aufgeben werde müssen, wenn ich mich zu ihr setze. Ich breite mein Handtuch neben ihrem aus und setze mich neben sie, während die Erlebnisse der letzten Tage aus ihr heraussprudeln. Sie kommt direkt von der Universität. Heute ging es um das Wasser und das Kaiserhaus: Wenn der japanische Kaiser ein neues Land einnahm, wusch er sich nach erfolgreicher Eroberung die Hände und spülte sich den Mund aus. Auf diese Weise unterjochte er die Götter seiner Feinde. Auch bei den Beerdigungen spielte die Reinigung eine große Rolle. Während mich ihre Worte am Rande meiner Wahrnehmung berieseln, wird mir bewusst, dass ich das Geschehen in der Halle nicht mehr so unmittelbar beobachten und erleben kann. Da zieht Yukiko plötzlich ein Buch aus ihrem Rucksack, um das ein Band mit einer roten Masche gebunden ist. Sie legt das Buch pathetisch in meine Hände. Ich spiele Yukiko Freude über das Geschenk vor. Ist das für mich?

»Bin zurück aus den USA. Würde mich gerne mit Dir aussprechen. Morgen ab 20 Uhr zuhause, hoffe Dich anzutreffen, VIV.« Im ersten Moment halte ich den Zettel auf der Anrichte für die Nachricht eines Einbrechers. Vivien hat ihren Namen noch nie mit VIV. abgekürzt, mich ärgert ihre Anpassung an die Kürzelsprache der Wirtschaft und ich bin nicht neugierig darauf, was Vivien aussprechen möchte. Ich entferne den Zettel von der Kredenz wie einen Raubfisch aus meinem Habitat. Obwohl ich schon lange diesen Angriff von Vivien erwartet habe, befällt mich eine lästige Unruhe, und ich suche nach einer günstigen Tarnmöglichkeit für den anstehenden Revierkampf.

Meine Schritte sind schwerer als sonst. Während ich die Stiegen nach oben steige, beschleicht mich ein Kribbeln am ganzen Körper, als ginge ich einem Zweikampf entgegen. Ich sehe schon von weitem Licht hinter dem gerippten Milchglas unserer Wohnungstür. Ich ziehe langsam meine Schuhe aus und stelle sie neben die Tür, dann rücke ich sie noch einmal zusammen, um Zeit zu gewinnen. Auch wenn ich mir diesen Augenblick schon öfter vorgestellt habe, erscheint mir sein Eintreten jetzt beinahe unwirklicher als seine Vorstellung. Dann gebe ich mir einen Ruck und öffne die unversperrte Tür. Ich hänge meinen Mantel an die Garderobe und verstaue meinen Rucksack mit den Badesachen vorsorglich in meinem Arbeitszimmer. Vivien sitzt am Küchentisch und starrt vor sich hin. Ich sage: Hallo. Sie sagt: Hallo. Ich setze mich ihr gegenüber. Sie hält ihre Arme über ihrer Brust verschränkt und beginnt in einem künstlichen Tonfall zu sprechen. Es klingt wie eine aufgenommene Platte aus ihrem Inneren heraus. Ich verstehe sie nicht richtig, als wäre ihr sich öffnender und schließender Mund unter Wasser, und stelle mir Luftblasen vor, die aus ihrem Mund nach oben schweben. Die Erinnerung an einen unserer Tauchurlaube an der Algarve steigt als Bild vor mir auf: wir machten uns Zeichen unter Wasser, ein Finger nach oben, ein Finger nach unten, linkische Gesten unter Wasser, ihre Haare in einem Sog mit den aufsteigenden Luftblasen in die Höhe schwebend, während wir hinabsanken, nicht verkeilt wie die Haie in der Paarungszeit, aber doch auf eine erwartungsvolle und zerbrechliche Art mit unseren Träumen und Wünschen verkeilt. Das ist es, was ich jetzt mithöre, denn mein halb abgeschalteter Seh- und Hörsinn gelten einer anderen Wirklichkeit, ihre Wortbrocken erreichen mich nur am Rande meines Bewusstseins, wenn sie von Entfernung spricht, von Beziehungspause … nachgedacht … in den USA. Ich höre ihre Worte wie ein gedämpftes Gurgeln. Vivien scheint müde zu sein. Ihre engen

Pupillen ähneln den leblosen, toten Augen der Weißspitzen-Riffhaie. Ich schäme mich sofort für diesen Vergleich. Die Ängste des Menschen vor den Haien hängen sicher mit deren toten, starren Augen zusammen. Da ich keine Angst vor Haien habe, habe ich auch keine Angst vor Vivien. Ich frage mich, ob sie eine Vorstellung von meiner Gedankenwelt hat, während sie spricht? Doch wahrscheinlich denkt sie beim Sprechen, dass sie lieber nicht wissen will, woran ich denke, während sie redet … Probleme in der Firma … Umstrukturierungen … Kündigungen … habe jetzt keine Kraft für einen schwelenden Konflikt mit dir zuhause … Ich strecke mein Kinn nach vorne, um konzentrierter zuhören zu können, aber in Wirklichkeit verstehe ich sie ganz gut, auch wenn ich nur jedes zweite Wort identifiziere. Ich frage mich, ob sie von mir verlangen wird auszuziehen, und überlege, ob ich dann in die Schwimmhalle übersiedeln würde? Mir fällt die Vivien-Doppelgängerin ein, und mich beschämt meine Naivität. Wie konnte ich nur glauben, Vivien hätte mir hinterherspioniert oder aufgelauert, um mein Geheimnis zu entdecken. Vivien sagt jetzt laut: Ich weiß nicht, was du machst und ob du überhaupt noch arbeitest. Es ist mir egal! Sie spricht weiter, dann sagt sie noch einmal lauter das Wort: Beziehungspause. Ich höre noch ein paar andere Wörter wie: Ausziehen … Wohnungsauflösung … Während sie lauter wird, macht sie ein Hohlkreuz, und ich bin gerührt, weil auch die Haie ihr Rückgrat im Zweikampf durchbiegen, um ihre Gegner einzuschüchtern. Ist die Aufteilung der Wohnung klar? Viviens eisiger Blick holt mich zurück in die Wirklichkeit unserer Küche. Ich will auch keine Zigarettenstummel mehr im Badezimmer finden! Wenn du bitte das Rauchverbot in den gemeinsamen Räumen beachtest! Dafür hast du dein Arbeitszimmer! Und bitte auch keine herumliegenden Socken oder Unterhosen in den gemeinsamen Räumen! Ich weiß nicht, was sie mir eigentlich mitteilen will.

Während ich auf dem Sofa vor mich hindämmere, höre ich ihren letzten, sich verflüchtigenden Geräuschen nach, als sie die Wohnung verlässt. Ich stehe auf und gehe ins Badezimmer, in dem sich der Chlorgeruch meiner Badesachen mit ihrem süßlichen Parfum vermischt. Ich betrachte mein vom Schlaf zerknautschtes und angeschwollenes Gesicht. Ich sehe alt aus. Ich zähle die Falten in meinen Augenwinkeln. Meine Haut ist grobporig. Ich grüße mich im Spiegel mit einer ausladenden Geste und betrachte die dicken Hautwülste am Hals. Lachen und Nicken machen am meisten Falten. Ich kenne mich. Das Leben im Angesicht des eigenen Spiegelbildes ist kurz und trostlos, auch wenn die Weissagung des Teiresias Narziss ein langes Leben verspricht. Aber nur, wenn er sich selbst nicht kennt. Ich habe die Prophezeiung verkannt, ignoriert, und betrachte wie alle anderen Menschen unentwegt mein Spiegelbild in allen möglichen Erscheinungsformen, mich immer wieder in mich selbst verliebend. Ich kann an keinem Spiegel vorbeigehen, ohne hineinzusehen. Bin ich allein? Vielleicht ist die Erfindung des Spiegels der Ursprung allen Übels, doch dann hätte das Wasser auch nicht erfunden werden dürfen. Vielleicht erginge es uns besser, wenn wir schlechter über uns Bescheid wüssten, obwohl wir trotz der Spiegel ohnehin nicht Bescheid über uns wissen. Ich sehne mich danach, mich zu verwandeln. Deshalb schätze ich auch die Mythen der Meeresvölker, in denen die Lebewesen immer bereit für Verwandlungen sind. In den Mythen der Hawaiianer können sich Haie als Haimenschen tarnen. Dabei verwandeln sie sich in Menschen und befragen die Schwimmer über ihre Vorhaben und Ansinnen. Wenn die Menschen Böses im Schilde führen, greifen sie sie im Meer an. In einen Hai möchte ich mich aber nicht verwandeln, da mich ihr schicksalshafter Zwang, ständig in Bewegung bleiben zu müssen, ängstigt. Ich fülle meinen Zahnputzbecher mit kaltem Wasser und proste mir im Spiegel zu. Manchmal würde ich mich selbst gerne austrinken, damit alles ein Ende hätte. Narziss verliebt sich, doch körperlos ist der Gegenstand seiner Hoffnung, was ihm Körper scheint, ist ja nur Wasser. Ich zupfe an meinem Bart, sein Wuchs ist unregelmäßig und löchrig, ein Hund, den die Räude befallen hat. Es gefällt mir nicht, was ich sehe. Und was mir gefallen würde, finde ich doch nicht. Was ich ersehne, ist nirgends.

Yukiko war nicht da. Ich schleppe mich müde nach Hause. Eigentlich sollte ich mich über ihre Abwesenheit freuen, da ich mich heute seit langem wieder ungestört dem Geschehen in der Halle widmen konnte. Mit dem Glas in der einen und der Zigarette in der anderen Hand stehe ich am Fenster und betrachte das Haus gegenüber. Die Frau der türkischen Familie bügelt wieder in ihrer dunklen, weinrot ausgemalten Kammer, während der Mann im Wohnzimmer bei Festbeleuchtung telefonierend auf und ab geht. Eines der Kinder sitzt auf der Couch und beschäftigt sich mit einem Spielzeug. Rings um ihre Wohnung glimmen wieder die verdunkelten Fernsehzimmer auf, meist blau und kalt, dann ein schwacher Feuerschimmer. Wie schlecht sie sich ihre Fernsehzimmer beleuchten. Willst du in meinem Arm/ wie auf Kissen ruhen/ dann such mir erst das/ Wasser/ Das mich jung macht/ schon wird das Haar mir weiß. Yukiko hat mir dieses Gedicht aus dem Manyoshu mit ihrer zierlichen, eingedrehten Handschrift auf das Vorsatzblatt des Buches geschrieben. Ich dachte, ich könnte einfach wieder in meine Gewohnheit zurücksinken. Ich wollte für nichts kämpfen und für niemanden da sein, ich wollte mich gegen nichts verteidigen und mich nicht entschuldigen müssen. Aber ich fand heute nicht mehr in diesen schwebenden Zustand zurück. Ich konnte mich einfach nicht auf die Schwimmer, Turmspringer, Taucher und Kajakschüler konzentrieren. Vielmehr ging mir mein eigenes Schauen zum ersten Mal auf die Nerven. Ich fühlte mich von der Halle abgewiesen. Ich versuche mich mit der Möglichkeit zu zerstreuen, Yukiko hätte sich in Luft aufgelöst und würde gar nicht mehr existieren, hätte nie existiert. Das wäre weniger erschreckend als ihre Abwesenheit nach ihrer wirklichen Anwesenheit. Yukikos Abwesenheit verursacht mir plötzlich einen ganz anderen Schmerz als Viviens Abwesenheit oder als Viviens Abwesenheit in meinen Gedanken. Ich renne in das Badezimmer und mustere mein Spiegelgesicht. Je länger ich hineinstarre, desto unwirklicher erscheint mir mein Gesicht, desto weniger erkenne ich mich selbst. Yukiko erzählte mir, dass in Japan das reflektierende Wasser auch zerstörerische Wirkungen entfalten kann. Einem altjapanischen Rat zufolge soll man so lange in das Wasser schauen und dabei sein Spiegelbild ignorieren, bis das Bild jener Person erscheint, die man am meisten hasst. Spricht man dann seine Verfluchung aus, hilft kein Gegenzauber mehr, und die verhasste Person gerät in große Schwierigkeiten. Ich fixiere so lange mein Spiegelbild, bis es immer größer und größer wird, langsam verblasst und verschwindet. Ich warte gespannt auf das Gesicht, das nun erscheinen wird. Doch es geschieht nichts, und ich blicke wieder nur in mein eigenes, aufgedunsenes rotes Gesicht. Ich reiße den Spiegel aus seiner Verankerung, schleppe ihn in mein Arbeitszimmer, wo ich ihn zwischen die herausstehenden Computer-Kabel und die Mauer des Arbeitszimmers unter dem Schreibtisch schiebe. Das kratzende Geräusch des an der Wand reibenden Spiegels klingt, als würde ich ein Loch in der Mauer verputzen.

Am Morgen steht mit Lippenstift auf den staubigen Fliesen, vor denen normalerweise der Spiegel hängt: Spiegel. Wo? Die zwei Worte lesen sich wie ein Haiku, dessen Verfasser beim Schreiben überrascht wurde.

Die Galerie ist leer. Ich quere das Becken an der Stirnseite und lege mich auf die höchste Stufe, auf der ich noch nie gelegen bin. Von hier hat man einen großzügigen Blick über die Halle, und ich würde Yukiko entdecken, bevor sie mich sieht. Mein Stammplatz einige Stufen unter mir ist leer. Ich halte nach Yukiko Ausschau und kann mich nicht in das Geschehen der Halle versenken. Ich spüre, wie sich die Müdigkeit des Vormittags sanft und unerbittlich auf mich legt, da ich heute früher als sonst aufgestanden bin. Die Halle ist erst von wenigen Badegästen bevölkert und die vereinzelten, ruckartigen Schreie der jugendlichen Badegäste stechen wie spitze Gegenstände in meine Ohren, da ich die Schreie ohne den gewohnten, weichen Stimmenteppich wahrnehme. Ich nicke ein und baue im Schlaf einen kleinen Schneemann, der vor meinen Augen sofort wieder zerrinnt. Mit dem verbleibenden Schnee baue ich einen noch kleineren Schneemann, so klein wie ein Embryo. Da erwache ich und blicke auf einen Nabel. Meditierst du? Yukiko steht vor mir. Sie breitet ihr Handtuch neben meinem aus, setzt sich und beginnt zu reden. Sie kommt aus der Vorlesung. Wenn du ein buddhistischer Mönch wärst, wäre dein höchstes Ziel die Verwandlung in Wasser, die oberste Stufe der Meditation, der höchste buddhistische Erleuchtungsgrad. Vielleicht gelingt es mir einmal, mich in Wasser zu verwandeln, wie dem wandernden Mönch und Poeten Saigyo … Ich setze mich auf und versuche wieder in die Realität zu finden. Eines Tages, setzt Yukiko fort, besuchte ein Freund den Mönch Saigyo und findet dessen Zimmer voller Wasser vor. Nur eine Nackenstütze erinnert an Saigyos Anwesenheit. Der Freund nimmt sie und wirft sie ins Wasser. Am nächsten Tag besucht der Freund den Mönch wieder und trifft ihn gekrümmt vor seinem Schreibtisch sitzend an. Der Mönch greift sich immer wieder in den schmerzenden Nacken. Er ist nicht zufrieden mit seiner Meditation. Als ihn der Freund fragt, wo er gestern gewesen sei, beklagt sich der Mönch, dass er ihm die Nackenstütze mitten in die Brust geworfen habe. Nimm sie wieder heraus!, sagt er und verwandelt sich vor den Augen des Freundes in Wasser. Der Freund fischt kurzerhand die auf dem Wasser treibende Nackenstütze aus dem Wasser und stellt sie vor die Tür. Yukiko macht eine bedeutsame Pause. Ich frage: Und verwandelt sich der Mönch zurück? Yukiko sagt nichts. Ich berühre sie an der Schulter. Ich sage: Warum schaust du mir eigentlich nie in die Augen, wenn du mit mir redest? Yukiko lächelt, aber sie schaut mich nicht an. Ich lege meine Hand auf ihre Schulter: Schau mich doch an, wenn du mit mir sprichst. Yukiko entzieht mir ihre Schulter und steht abrupt auf. Dann steigt sie langsam die Stufen der Steingalerie hinunter und springt vom Beckenrand ins Wasser, während ich mich wieder auf mein warmes Handtuch lege und ihr bei ihren kräftig ausholenden Schwimmzügen zusehe. Ich schaue leer vor mich hin, bis sie aus dem Wasser kommt und wieder die Stufen hochsteigt. Sie bleibt neben mir stehen und reibt sich mit ihrem Frotteehandtuch ab. Gehst du wirklich jeden Tag ins Hallenbad? Ja. Ich meine jeden Tag, wirklich jeden Tag. Ja. Und wie lange willst du das noch machen? Ich sage: Mir geht es wie den Gefangenen in Platos Höhle, die lieber unten in Gefangenschaft bleiben. Yukiko hebt ihr Gesicht und runzelt ratlos ihre Stirn. Du würdest lieber unten bleiben? Ich meine, für immer? Du würdest nicht nach oben gehen wollen? Nicht nach draußen ans Licht? Auch in der Nacht? Ja, sage ich. Die Halle muss in der Nacht wie ein unbekanntes Land sein, ein Land in der Dunkelheit, das bei Nacht noch keiner betreten hat, wie ein unzugängliches Dickicht, eine Insel, die man am Morgen ein- und am Abend ausschalten kann. Aber es gibt diese Insel auch in der Nacht und statt des Meeres rauschen die Autos über die Fahrbahnen am Neubaugürtel. Yukiko schüttelt langsam den Kopf und ihre nassen Haare schleifen über ihre Schulter: Was gibt es da zu entdecken? Ich sage: Ich möchte nichts entdecken. Yukiko sagt: Dann bleib doch da. Ich sage: Eines Tages lasse ich mich einsperren und setze einen Raubfisch im Becken aus, einen Hai oder Piranhas. Ja, ich kaufe einen Raubfisch und lasse mich einsperren. Das ist es. Yukiko schaut mir direkt in die Augen. Willst du dich einsperren lassen? Heute Nacht?

Von den hohen Glasfenstern unter dem Dachfirst dringt das diffuse, kalte Licht der Neonlampen von der Straße herein. Aus der Ferne hört man das Rauschen der einsetzenden Rush-hour vom Gürtel. Die elektronische Anzeige ist ausgeschaltet, und ich habe keine Ahnung, wie spät es ist. Vielleicht fünf? Ich spüre die weiche, blaue Trainingsmatte unter meinem Rücken und blicke auf die von Stahlträgern gestützte Unterseite der Steingalerie wie auf die Innereien der Halle, während ich zwischen meinen Oberschenkeln eine Flüssigkeit entlangrinnen fühle. Ich greife zwischen meine Beine und halte meine Hand in das bleierne Licht. Yukikos Blut auf meinen Fingerkuppen schimmert violett. Ich spüre sie neben mir, bewegungslos, atemlos, als wäre sie tot. Ich streichle ihre Wangen. Sie dreht mir ihr Gesicht zu, und ich sehe ihre tränennassen Augen und Wangen. Yukiko sagt eisig: Mein Vater will nicht, dass ich jemanden kennen lerne. Er lässt mich vom Chauffeur zur Uni bringen und wieder abholen. Der Chauffeur fährt mich zum Friseur und wartet. Der Chauffeur fährt mich zum Schwimmbad und wartet. Ich sage: Der Chauffeur wartet noch immer vor dem Hallenbad? Yukiko sagt: Mein Vater will immer wissen, wo ich bin. Er will, dass immer jemand auf mich aufpasst. Ich sage: Und der Chauffeur? Yukiko fährt mir mit den Fingern über das Gesicht: Er wird nichts sagen. Er ist in Ordnung. Ich setze mich auf und betrachte das violett schimmernde Blut an unseren Schenkeln. Ihr Blut trocknet langsam ein. Yukiko steht auf und verlässt den Trainingsverschlag unter der Tribüne in Richtung Beckenbereich. Ich beobachte sie durch die verglaste Trennwand. Sie geht auf das spiegelglatte silbrige Becken zu. Ich ertappe mich bei dem Gedanken, sie zum Duschen aufzufordern, bevor sie ins Wasser springt. Vor meinen Augen taucht das rote Plastikschild auf, das an der Tür zum Aufgang in den Beckenbereich hängt:

VOR DER BENÜTZUNG DES BECKENS
GRÜNDLICHE REINIGUNG

Als ich zerschlagen erwache, zeichnen sich bereits die Umrisse der Sprungböcke und gestapelten Turnmatten im aufkeimenden Tageslicht schemenhaft ab. An die rückwärtige Wand des Trainingsraumes sind die Wasserballtore gerückt, in einem vergitterten Verschlag stehen die blechernen Spulen, auf denen die Drahtseile mit den roten und gelben Plastikkugeln zur Begrenzung der Bahnen aufgewickelt sind. Schräg neben unserer weichen Sprungmatte steht ein an die Wand gelehntes Trampolin. Ich höre Yukikos gleichmäßigen Atem neben mir. Sie schläft mit angewinkelten Beinen in Embryostellung. Ich setze mich auf und betrachte das eingetrocknete Blut auf der blauen Matte. Ich beschließe, von den unten gelegenen Toiletten neben den Duschen eine Rolle Klopapier zu holen. Mein Drang, die nächtlichen Spuren zu verwischen, überflügelt alles andere, auch meine Angst, entdeckt zu werden. Das blaugraue Wasser ist spiegelglatt. Von seiner planförmigen Verlassenheit geht eine große Ruhe aus, die ich stundenlang betrachten könnte. Und doch verspüre ich im Anblick dieser ruhenden Wassermasse seit Monaten wieder einmal die Sehnsucht nach Alltag und Nützlichkeit, und sei es nur die stupide Büroarbeit in einem surrenden Büro. Die sich ausbreitende Stummheit des Wassers kommt mir mit einem Mal verdächtig vor, als hätte sich mein Wunsch nach einem blutleeren Dasein in eine Leere voller Blut verwandelt. Ich quere das Becken an der Stirnseite unter der Uhr mit den bunten Zeigern, die unbeirrt vom Wechsel der Tageszeiten weiterticken. Jeder meiner Schritte zieht einen kaum hörbaren schnappenden Hall nach sich. Gegenüber der Steingalerie zeichnen sich das Ein-Meter-Brett und der Sprungturm vor der grauen Dämmerung hinter der Glasfront ab. Ich gehe zu den Duschen neben dem Kinderbecken, drücke den Aluminiumknopf des Trinkwasserbeckens und spüle mir den Mund aus. Dann steige ich die beigefarbenen Stufen des Abgangs zum Duschbereich hinunter, vorbei an den Duschnischen und verschwinde in einer der Toilettenkabinen. Ich schlage mein Wasser ab. Im selben Moment höre ich auf einmal die näher kommenden Stimmen der Angestellten von den Reihen der Spinde herüber. Die plaudernden Frauen kommen näher, lachen. Jetzt müssen sie gleich die Toilettenkabinen erreichen. Ich steige mit beiden Beinen auf die Klobrille, wie ich es von Filmen her kenne, und hoffe, dass sie weitergehen und ihren Arbeitstag nicht mit der Reinigung der Toiletten beginnen. Jetzt kommen die Frauen direkt an meiner Kabine vorbei. Ich halte den Atem an. Sie sprechen ruhig miteinander. Dann gehen sie weiter und entfernen sich. Ich setze mich auf den Klodeckel. Ich kann die Kabine jetzt nicht verlassen, weil sie mich sofort entdecken würden, solange noch keine Badegäste das Bad bevölkern. Was wird Yukiko machen, wenn sie die Stimmen hört, Stimmen der einbrechenden Wirklichkeit, nach dieser Nacht? Ich hoffe, dass die Angestellten des Bades in den weißen Kitteln nicht den Trainingsraum neben dem Beckenbereich kontrollieren, säubern, was auch immer. Ich bleibe in meiner Kabine auf dem Klodeckel sitzen und dämmere vor mich hin.

Von den Waschbecken dringen unzusammenhängende Männerstimmen in meine Toilettenkabine. Nebenan höre ich das Rascheln heruntergeschobener Kleidung und ein beengtes, gepresstes Atmen. Dann rauscht die Wasserspülung. Ich habe keine Ahnung, wie lange ich hier auf meinem Klositz vor mich hingedämmert habe. In mir breitet sich eine luzide Wachheit aus. Ich warte, bis ich keine Stimmen mehr höre, öffne schnell, aber mit alltäglicher Lässigkeit die Kabinentür und trete hinaus. Vor einem der Waschbecken im Gang rasiert sich ein dunkelhaariger Mann und betrachtet skeptisch sein Gesicht im Spiegel. Ich schlendere ungezwungen zum nächsten Waschbecken und wasche mir die Hände. Eine der Angestellten im weißen Kittel geht an uns vorbei. Morgen. Ich gehe zu den Brausen und dusche mich hastig ab. Mein Handtuch muss noch immer oben im Verschlag der Turmspringer unter der Tribüne liegen. Ich vermute, dass es in die Ritze zwischen der blauen Übungsmatte und der Mauer gerutscht ist. Während ich die von der morgendlichen Reinigung noch feuchten Stufen in den Beckenbereich hinauftripple, vermisse ich schmerzlich meine weißen Seeigelschuhe. Die Gefahr der Ansteckung mit einer Pilzkrankheit ist beim Barfußgehen am größten. Endlich erreiche ich den Beckenbereich. Der Bademeister sitzt in seiner rot-gelb geblümten Hawaii-Short am Klapptisch vor der Portiersloge, isst ein Croissant und beachtet mich nicht. Ich setze mich auf eine Stufe der Steingalerie in der Nähe des Eingangs zum Trainingsraum der Springer und warte, bis ich sicher bin, dass der Bademeister mich nicht beobachtet. Dann schlüpfe ich hinein in den Verschlag unter der Tribüne. Ich weiß nicht, was ich erwartet habe; dass Yukiko noch immer auf der weichen Trainingsmatte vor sich hinschlummert? Sie ist weg, die Matte verlassen, auch unsere Badesachen sind verschwunden. Sie hat sich vielleicht genauso wie ich am frühen Morgen versteckt, nachdem sie die ersten Stimmen überrascht haben. Ich werfe einen Kontrollblick durch die Glasscheibe der Trennwand, doch der Bademeister würde mich wahrscheinlich nicht entdecken, auch wenn er in Richtung des Trainingsraums blickte. Ich prüfe die blaue Sprungmatte und entdecke den eingetrockneten Blutfleck auf dem glänzenden Plastik der blauen Sprungmatte. Ich fahre mit den Fingerkuppen über die zittrigen Wischspuren und entdecke über und unter den Wischspuren einige lose Buchstaben, kleine, wacklige Lettern, die mit dem Fingernagel in das verschmierte Blut gekratzt worden sein müssen. Ich versuche das Wort zu entziffern: U-N-D. Ich interpretiere die zusammenhanglosen Buchstaben als Indiz, dass Yukiko überrascht wurde und noch eilig bestrebt war, unsere Spuren zu verwischen. Ich lege mich auf die Matte und greife in den Zwischenraum. Ich fische meinen Rucksack und mein Handtuch hervor, stemme mich von der Matte hoch und betrachte ein letztes Mal den Fleck. Ich habe ganz auf das Klopapier vergessen und überlege, ob ich mein Handtuch im Becken anfeuchten und wieder zurückkommen soll, um den Fleck wegzuwischen, aber das Risiko ist mir zu groß. Ich werfe einen letzten Blick durch den Trainingsraum und mache mich davon. Nach ein paar schnellen Schritten hinaus in den Beckenbereich nehme ich zwei Stufen auf einmal und setze mich auf meinen freien Stammplatz in der Mitte der Steingalerie. Ich verschaffe mir einen Überblick über die noch mäßig besuchte Halle und höre meinem Atem zu, der sich langsam wieder beruhigt. Mein durcheinander gewirbelter Blick rastet langsam in seine gewohnten Bahnen ein, obwohl ich es vorziehen würde, nichts zu sehen und nichts zu hören. Da blinkt die Anzeigentafel auf einmal hektisch. Durch das nervöse Ruckeln der blinkenden Lettern lese ich statt

RANDSPRÜNGE VERBOTEN

NACKTSPRÜNGE VORBOTEN

Ich verspüre zum ersten Mal seit Monaten eine angenehme Bewegungslaune und ein Glücksgefühl, die Halle verlassen zu können. Während ich an dem gemalten Wal und den springenden Fischen an der Außenmauer des Hallenbades entlangschlendere, drehe ich mich kurz um und prüfe, ob mir jemand folgt. Dann stütze ich mich mit der linken Hand an der Mauer ab und scharre ein paar Mal kräftig mit dem rechten Fuß auf dem mit Rollsplitt übersäten Asphalt des Gehsteigs. An der Ecke auf der gegenüberliegenden Straßenseite befindet sich ein irisches Pub. Ich wechsle die Straßenseite und betrete das Lokal. Die Stühle sind zum Teil noch hochgestellt, und es riecht nach abgestandenem Rauch und Bier. An der Stirnseite des Lokals wird an die nackte Wand mit einem Beamer ein Fußballspiel projiziert. Dem Eingang gegenüber steht ein Barkeeper mit einer weißen Schürze und mustert mich. Bitte? Ich sage ihm nicht, dass ich ein Lokal für mich und Yukiko suche. Ich lasse die Tür hinter mir zufallen. Auf dem Weg nach Hause komme ich an einigen Restaurants vorbei. Durch das Fenster einer Nische, hinter der sich das überdekorierte rustikale Ambiente einer Pizzeria ausbreitet, sehe ich ein Pärchen zwischen Grünpflanzen vor ihren vollen Tellern sitzen. Auf dem Tisch stehen hochstielige Weingläser, eine Wasserkaraffe und ein silberner Kerzenständer. Die Frau mit frisch frisierten nussbraunen Haaren und einer eleganten sandfarbenen Bluse möchte gerade eine Gabel aufgerollter Spaghetti in den Mund stecken, als sie mich erblickt und im Essen innehält. Sie starrt mich mit großen Augen an, und ihr Begleiter in einem dunklen Anzug schaut zuerst sie an, dann wirft er mir durch die Scheibe einen grimmigen Blick zu. Ich überlege hineinzugehen, doch dann wende ich meinen Blick ab, da ich nicht für einen Obdachlosen gehalten werden will. Das kroatische Lokal gegenüber unserer Wohnung bietet auch keine Alternative für einen Abend mit Yukiko. Ich werde im

Telefonbuch ein japanisches Restaurant in der Nähe heraussuchen.

Auf dem Nachhauseweg kaufe ich unterwegs eine gelbe Narzisse in einem Blumentopf und stelle die Blume im Badezimmer an Stelle des Spiegels vor die verflieste Mauer über dem Waschbecken.

YUKU KAWA NO NAGARE WA TAEZU SHITE, SHIKA MO, MOTO NO MIZU NI ARAZU
Der Fluss fließt ohne Unterlass, aber nie kehrt das Wasser zurück

Die Wohnung begrüßt mich mit ihrer kalten Dunkelheit. Nach Monaten habe ich einen Abend auswärts verbracht, zuerst in dem Pub, dann in den anderen umliegenden Bars in nächster Umgebung des Hallenbades, wie um Yukiko dort näher zu sein als allein in unserer Wohnung. Ich schließe die Tür hinter mir und schalte das Licht im Korridor an. Auf dem Lärchenboden der Diele ist mit Kreide ein ungerader Strich gezogen, der den ganzen Raum in zwei Hälften teilt. Der Strich setzt sich im Wohnzimmer fort. Auf den abgeteilten Flächen stehen in unregelmäßigen Abständen die Buchstaben V. und H. Auf der Anrichte in der Küche liegt ein Zettel: »Bis zum Auszug aus der Wohnung: V: Vivienbereich, H: Bereich für Hans. Wenn sich der Mitbenützer der Wohnung nicht an Aufteilung hält, erfolgt postwendend Anzeige. Die Couch wird dem 2. Mieter als Schlafstätte zugewiesen. Keine Blumen im Badezimmer! Unterhosen, Socken, Schuppen oder Zigarettenstummel sind unverzüglich zu entfernen, ansonsten erfolgt postwendend Verbrennung.« Heute Nacht ist schwerer Seegang. Ich trinke Wein und steige später auf Whisky um. Ich bin in einer feuchten Abenteuerstimmung auf der Suche nach Stürmen und Nöten auf See. Ich ziehe Stevensons »Schatzinsel« aus dem Regal und blättere darin. In meiner Walphase träumte ich von Abenteuern auf See, den Walfängern entgegen, den Untergang Ahabs besingend, träumte von großen, mit Silber beschlagenen Seemannskisten und schwieligen Händen. Ich sang die Lieder des Käptns von Stevensons »Schatzinsel«, des Käptns mit dem Hieb im Gesicht.
»Fünfzehn Mann auf des toten Manns Kist,
Johoo und 'ne Buddel voll Rum.
Sauft, und der Teufel besorgt den Rest.
Johoo – und 'ne Buddel voll Rum – «
Der Whisky geht zur Neige und ich beginne zu singen:
»Fünfzehn Mann auf des toten Manns Kist,

Johoo und 'ne Buddel voll Rum.
Sauft, und der Teufel besorgt den Rest.
Johoo – und 'ne Buddel voll Rum –«

Da öffnet sich wie von Geisterhand die Tür zum Schlafzimmer, und Vivien steht schlaftrunken vor mir, ein müder und kalter Blick in ihrem verbiesterten Gesicht. Ich dachte, sie wäre in Zürich oder sonstwo. Vivi, komm doch, setz dich her zu deinem Käptn, zwei Mann auf der Couch, Johoo, und ne Buddel voll Rum. Sie sagt leise: Bist du verrückt? Ich will schlafen. Geh in dein Zimmer, dafür hast du dein Zimmer. Sie zieht die Tür hinter sich zu. Ich setze mich in die Küche, wo sie mich nicht hören kann und trinke weiter. Zur See wäre es gegangen mit einem pfeifenden Bootsmann und bezopften, singenden Matrosen, mit Kurs auf unentdeckte Inseln, um nach den Schätzen gesunkener Kaufmannsschiffe zu suchen. Als Seemann hätte ich ein Holzbein und einen Stock wie Stevensons Käptn, wäre einer von diesen Bukaniern und Flibustiern, einer von irgendwem, einer von irgendeiner Bande wenigstens, wir würden die westindischen Gewässer verunsichern, wir, Räuber barocker Schätze, über die Gewässer fliegend, »Rum und Speck und Eier, das ist's was ich brauch – und einen Ausblick auf die vorbeifahrenden Schiffe«. Da wäre das Meer noch ein Meer mit Zähnen und Gebiss. Ich wäre ein richtiger alter Seebär, eine echte Tranjacke, hätte Geschichten zu erzählen von Gehängten und Ertränkten und Kielgeholten, von Stürmen auf See, denen der Rudermann getrotzt hat, Geschichten von Tortuga, der Insel an der Westküste Haitis, unserem Zufluchtsort, der Heimat der Flibustiere, und das alles mit Seemannsgarn umsponnen und in die Luft geworfen! Und ständig das Fernrohr aus Messing ans linke Auge gedrückt. Es würde von mir heißen: »Und irgendwie roch er nach Meer.« Auf meinem Arm hätte ich Tätowierungen vollbusiger Frauen neben durchstochenen Herzen. Und Sprüche wie: LOVE RUTH! AHOI!

In meiner Seemannskiste lägen Muscheln und eine Seekarte in ein Segeltuch eingenäht, auf der das Grab meines Schatzes für die Ewigkeit eingezeichnet wäre. Auf nach Westindien, alle Mann an Bord, aye, aye, Sir, ein Freibeuter wollte ich sein, um am Ende eines stürmischen Lebens nichts zu besitzen als die Kiste eines Seemanns …

»Fünfzehn Mann auf des toten Manns Kist,
Johoo und 'ne Buddel voll Rum.
Sauft, und der Teufel besorgt den Rest.
Johoo – und 'ne Buddel voll Rum –«

So ginge es in Richtung ostchinesische See mit Kurs auf Nippon und das Ochotskische Meer, und ein Bild von Yukiko wäre immer dabei in der doppelt genähten Brusttasche. Spät und betrunken fällt mein Kopf auf den Küchentisch. So, wie der Kopf des Käptns in der »Schatzinsel«.

Beim Öffnen der Tür erklingt das Geräusch von kleinen Metallblättchen, die aneinander schlagen und ein angenehmes Rieselgeräusch verursachen. Mein Blick schweift über einen Katzentunnel aus rotem Zeltstoff, neben dem einige Säcke mit Katzenstreu stehen. In einer dunklen Ecke des Geschäfts steht ein vergitterter Käfig, in dem eine graue Siamkatze auf und ab springt, daneben ein kleinerer Nagerkäfig. In der Tierhandlung stinkt es wie im Zoo, ein tierwarmer Schwall aus dicker, stinkender Luft. Wie lange es wohl dauert, bis der Mensch sich an so einen Gestank gewöhnt? Ich habe mir keine Argumente zurechtgelegt, wie ich dem Verkäufer erklären soll, dass ich meiner Frau einen großen Raubfisch kaufen möchte, damit sie einen Spielgefährten in der Badewanne hat. Ich kann mir nicht vorstellen, dass der Verkäufer von dieser Idee besonders begeistert ist. Er wird mich höchstwahrscheinlich als Tierquäler beschimpfen und mich in eine Diskussion über meine Ehe verwickeln, worauf ich keine Lust habe. Eine vielleicht 50-jährige, schielende Verkäuferin kommt auf mich zu und fragt, was ich möchte. Ich sage: Ich möchte mich erkundigen über Aquarien. Die Aquarien sind hinten. Haben Sie schon eines? Nein, ich bin Anfänger. Ich würde zu diesem Set raten, wenn Sie Anfänger sind. Pumpe, Licht, Deckel und Heizstab – alles im Preis inkludiert. Ich werfe einen schnellen Blick zu der Wand, an der in Dreierreihen die Aquarien mit Zierfischen gestapelt sind. Ich sage: Haben Sie auch Piranhas oder andere, größere Raubfische? Die Verkäuferin schaut mich herablassend an: Piranhas führen wir nicht. Sie können nicht einfach alles mischen. So Zierfische oder Barsche können Sie nicht einfach zu den Piranhas reinsetzen. Ich sage: Das habe ich auch nicht vor. Das müssen Sie sich genau überlegen, was Sie da reinsetzen! Ich interessiere mich ja nur. Ja, ja, interessieren Sie sich nur, aber da hat es schon böse Überraschungen gegeben. Ich würde gerne erwidern, dass es genau das ist, was ich im Schilde führe: eine böse Überraschung. Wir gehen zu den größeren Aquarien, und sie tippt mit ihrem rechten Zeigefinger ans Glas. Da brauchen Sie eine Extra-Abdeckung. Ich sage: Gibt es noch größere Aquarien? Rate ich Ihnen als Anfänger ab. Für so ein Aquarium brauchen Sie zwei Pumpen und einen großen Heizstab. Die Verkäuferin nimmt entnervt ein Buch aus dem Ständer neben der Kassa. Das Beste wäre, Sie würden sich erst einmal ein Buch kaufen, das wäre das Beste. Ich nehme ihr das Buch aus der Hand. Einen Hai haben Sie nicht? Die Verkäuferin runzelt die Stirn und mustert mich feindselig. So etwas Großes haben wir nicht, das müssen Sie in einem Spezialgeschäft kaufen. Wo? Von der Eingangstür erklingt das metallische Rieseln, und die Verkäuferin wendet sich erleichtert von mir ab und der neuen Kundschaft zu. Ich sage: Ich schaue mich noch ein bisschen um, aber sie ist schon beim nächsten Kunden. Sie ahnt wahrscheinlich, dass mit mir etwas nicht stimmt. Ich schlendere die Reihe der Aquarien mit den Zierfischen entlang, die meisten sind nicht größer als mein Daumen. Beim Aquarium mit den Black Mollys bleibe ich stehen. Die pechschwarzen Fischlein sehen aus wie kleine, fingergroße Haie mit den flachen Schnauzen der Hammerhaie. Ich stelle mir Viviens Gesicht vor, wenn sie in der Früh schlaftrunken ins Badezimmer geht und die volle Badewanne mit den Black Mollys erblickt. Aufgewacht! Beim Auslassen des Wassers werden einige von den Black Mollys am Badewannenrand kleben bleiben. Vivien wird das Nudelsieb aus der Küche holen und versuchen, die kleinen Haie einzufangen, um sie wenigstens im Biomüll entsorgen zu können. Ich gehe zum Verkaufstresen, hinter dem jetzt die Verkäuferin steht und mich argwöhnisch beobachtet. Sie wird froh sein, wenn sie mich wieder aus dem Geschäft draußen hat. Ich sage: Zehn Black Mollys bitte! Sie schaut mich einen Augenblick entsetzt an, dann sagt sie: Black Mollys? Und wozu kaufen Sie jetzt die Fische, wenn Sie noch kein Aquarium haben? Mein Bruder hat ein Aquarium, die Fische sind für meinen Bruder! Die Verkäuferin schüttelt langsam den Kopf: Ich weiß nicht, ich habe da ein komisches Gefühl bei Ihnen. Ich sage schnell: Ich habe das Aquarium bei meinem Bruder gesehen und überlege, auch einzusteigen! Also gut. Sie schielt mich verärgert an. Dann geht sie in einen Nebenraum, wo sie einen Nylonsack mit Wasser füllt und fischt zehn Black Mollys aus dem Aquarium. Als ich zur Eingangstür gehe, springt die Siamkatze in ihrem Gitterkäfig hoch und krallt sich an dem Drahtgitter fest. Während sie wie ein Äffchen an dem Gitter hängt, starren mir ihre großen, gelben Augen ins Gesicht. Sie maunzt mich an. Ich öffne beschwingt die Eingangstür und freue mich über das Rieseln der Metallschuppen. Haben Sie das Buch zurück in den Ständer gestellt? Die Verkäuferin steht breit in der Mitte ihres Geschäfts. Ich trete hinaus ins Freie und atme gierig die kühle und frische Luft ein.

Ich warte, bis ich Viviens gleichmäßigen Atem durch die Tür höre. Während ich alibihaft meine Zähne putze, lasse ich mit dem Duschkopf Wasser in die Wanne laufen, damit ich keinen verdächtigen Lärm verursache. Ich schütte aus dem Plastiksack das Wasser mit den Black Mollys in die Badewanne. Die Fische machen dabei ein Geräusch wie kleine Nüsse, die man in ein Säckchen rieseln lässt. Die Fische schwimmen nervös umher. Die schwarze Farbe hebt sich gut von der weißen Email-Fläche der Badewanne ab. Ich bin als Tier gescheitert und zum Haustier verkommen. Ich schreibe auf ein weißes Blatt Papier den Haiku: »Meine Flossen sind/ scharf am Rücken/ bin kein Haustier mehr.« Den Zettel lege ich ins Waschbecken.

Während ich aufwache und noch halb träume, habe ich das Bild meines Druckers vor mir, in den Vivien die aufgelesenen Black Mollys geschüttet hat. Die Vorstellung beunruhigt mich nicht, da ich nichts mehr zu arbeiten und zu drucken habe, meine Schreibtische sind geräumt. Ich stehe auf und schlurfe ins Bad, zurück an den Tatort. Die Fische und der Haiku sind verschwunden, weder im Drucker noch im Müll finde ich Spuren der vergangenen Nacht. Auf dem Weg ins Hallenbad fällt mir auf, dass mein Gang nichts Schlenderndes mehr an sich hat, nichts von einem Spaziergang, sich in nichts von der störrischen Zielgerichtetheit der Passanten zu unterscheiden scheint. Ich gehe so, als wäre ich auf dem Weg ins Büro.

Yukiko kommt nicht mehr. Sie ist so abwesend, als hätte sie nie existiert. Als ich heute ins Wasser sprang, erinnerte ich mich an Yukikos Geschichte von dem Mönch, der sich in Wasser verwandelt. Während ich schwamm, stellte ich mir vor, ich würde in Yukiko schwimmen. Das war ein tröstliches Gefühl. Aber wenn sich Yukiko in Wasser verwandelt hätte, würden auch die anderen Badegäste in Yukiko schwimmen. Ich liege auf meinem Stammplatz auf der Steingalerie und schlage das Buch auf, das sie mir geschenkt hat. Ich bin allein. Ich lasse die Geräusche der ins Wasser eintauchenden Gliedmaßen auf mich einwirken und betrachte unbeteiligt die übermütigen Jungen, die sich vom Ein-Meter-Brett ins Wasser fallen lassen. Ich bin glücklich, dass ich wieder allein mit der Halle bin, aber meine Beziehung zu diesem Raum hat sich verändert. Ich blättere in dem schmalen Band und schnuppere daran. Er riecht süßlich. Dann entdecke ich eine Seite, auf der das Schriftbild von einem roten, klebrigen Rand eingefasst ist. Die Seite klebt an der nächsten, und ich reiße sie vorsichtig auseinander. Der rote Rand wurde mit Lippenstift auf das Papier gemalt. Ich lese auf dem von Yukiko beschrifteten und in das Buch eingelegten Zettel: »Wasser (an sich) ist nicht Verblendung, nicht Erkenntnis. Wenn es gefriert, ist es härter als Stein, und keiner kann es brechen; schmilzt es, ist es weicher als Milch und entzieht sich (durch Weisheit) der Zerstörung. Hierin liegt seine Vollkommenheit. Denk darüber nach! Schau genau hin! Aber nicht so, dass du, als einer, der das Wasser erblickt, denkst. Nein! Das Wasser denkt, das Wasser erblickend. Das Wasser bezeugt das Wasser. Das Wasser erkennt das Wasser. Das Selbst trifft auf das Selbst und geht mit ihm seinen Weg.« Mein Blick schweift über die Halle. Ich drehe mich vom Becken weg und schaue die Steingalerie hinauf, die oberste Reihe entlang, wo Yukiko und ich saßen. Der Platz ist leer. Ihr Buch liegt aufgeschlagen in meinem Schoß, mit einer klebrigen, süßlichen Botschaft, die ich noch nicht entziffern kann.

Die Bewohner des Hauses gegenüber sitzen heute Abend andächtig vor ihren flimmernden Bildschirmen, verkabelte Haustiere vor ihren Fressnäpfen. Ich denke an die Siamkatze aus der Tierhandlung. Trotz meiner Katzenallergie wollte Vivien immer eine Katze. Nach einem Streit stellte ich sie vor die Wahl, ob sie mit mir oder mit einer Katze zusammenleben wolle. Sie verzichtete zähneknirschend auf die Katze. Ich verabscheue das Getue um den Eigensinn der Katzen, das vor allem von Frauen betrieben wird. Frauen schwärmen meistens vom distanzierten Individualismus der Katzen. Da ist mir jeder Hund sympathischer, der sich alleine nicht wohl fühlt und am glücklichsten in Gesellschaft ist. Jedes Zusammensitzen mit einem stinkenden, geselligen Hund ziehe ich dem so genannten Freiheitsdrang der Katzen vor. Die Katze ist das Tier des Neoliberalismus.

VIER

> Der Coach ist nicht der einzige Parasit, der sich an der gerissenen Beute weidet. Das Unternehmen gibt Millionen für zahllose »Spezialisten« in Controlling und Beratung aus, die dafür bezahlt werden, dass sie sagen, was ihr Gesprächspartner hören will …
>
> Corinne Maier, *Entdeckung der Faulheit*

Der über Nacht gefallene Schnee zerrinnt in frühlingshafter Vorahnung auf der Straße und tropft heimtückisch von den Dächern. (Yukiko, kennst du diesen Schnee, der vom Himmel fällt und sich in nasses Nichts verwandelt?) Auf dem Weg ins Hallenbad fällt mir die bedrohliche Leere am Gürtel auf, dessen Verkehrsfluss ich oft vom Panoramafenster der Halle aus beobachte. Die Straßen scheinen wie leer gefegt, keine Autos oder Zweiräder rauschen vorbei. Vielmehr liegt ein seltsames Flüstern in der Luft, aus der Ferne erklingen die Fetzen von näher kommenden Sprechchören und einer kratzenden Megaphonstimme. Ich befürchte wieder eine Sportveranstaltung, die mich aus der Halle aussperren könnte. Als die Dachlandschaft des Schwimmbades in Sicht kommt, erblicke ich die auf mich zukommende breite Menschenwand eines Demonstrationszuges. Einige Demonstranten schwingen Fahnen in Regenbogenfarben, auf denen `PACE` steht: `KEIN KRIEG IM IRAK STOPP BUSH STOPP BUSH KEIN KRIEG IM IRAK`. Die Sprechchöre hallen zwischen den Häuserzeilen, und aus einigen Fenstern winken Leute den Demonstranten auf der Straße zu. Ich beobachte den Menschenzug und versuche mich am Rand zu halten, doch ich gerate unweigerlich in die Menschenmenge. Ich überlege, mich der Demonstration anzuschließen, doch dann verdrücke ich mich in eine Toreinfahrt und lasse die skandierenden Demonstranten passieren. Ich weiß nicht, welchen Zweck die Demonstration verfolgt. Man könnte wahrscheinlich mit derselben Erfolgsaussicht gegen den Winter demonstrieren. Ich würde lieber gegen mein eigenes Leben demonstrieren. Mein Leben bietet keine Alternative, ich kann nichts Besseres vorweisen als meinen eigenen Krieg. Ich müsste erst diesen Krieg beenden. Aber ich kenne noch nicht einmal die Kriegsparteien genau. Eine Mutter zerrt ihr hustendes Kind weiter, das stehen geblieben ist. Ich habe mich nicht darum gerissen, auf die Welt zu kommen. Immer, wenn ich hustende Kleinkinder beobachte, ärgere ich mich, dass ich nicht gefragt wurde, ob ich auf die Welt kommen wollte. Das Kind hustet wieder und möchte nicht mehr weiter demonstrieren. Die Anlage zum asozialen Egoismus in jedem Menschen kann man anhand der theatralen Husterei der Kinder schön studieren. In ihrem ostentativen Husten ist immer das aggressive Betteln um Mitleid mitzuhören. Sie keuchen den Eltern hustend entgegen, um deren Besorgnis auf ein unerträgliches Ausmaß zu steigern. Das kommt dabei heraus, wenn man nicht gefragt wird, ob man auf der Welt sein will. Gleichzeitig wäre eine vorherige Befragung auch ein Schutz der Eltern vor dem Egoismus ihrer Kinder, denn die Eltern könnten die Kinder im Fall eines eskalierenden Konflikts daran erinnern, dass sie ja gefragt wurden, ob sie auf die Welt kommen wollten. Das hustende Kind schreit jetzt, weil seine Mutter es nicht tragen will. Mir fällt wieder jene buddhistische Weisheit ein, von der mir Yukiko erzählte, der zufolge die Welt ein großer Haufen Schaum ist, bestehend aus Milliarden und Millionen kleiner Bläschen. Auch diese Demonstration ist Schaum. Der Kern des Demonstrationszuges zieht an mir vorüber und ich schaue einigen letzten, versprengten Demonstranten hinterher. Dann schwenke ich in die unbelebte

Seitenstraße ein, die zum Eingang des Hallenbades führt, während mir eine Bemerkung Viviens über meine »destruktive Beziehung zu Kindern« durch den Kopf geistert. Im Laufe eines sinnlosen Streits verstieg sie sich einmal zur Behauptung, meine Misanthropie stünde ihrem Kinderwunsch im Weg. Ich entgegnete ihr lächelnd: Wir haben doch Emilie!

Ich hatte einen ereignislosen Tag im Schwimmbad. Auf dem Nachhauseweg drucke ich mir im Foyer meiner Bank einen aktuellen Kontoauszug aus. Mein Guthaben tendiert gegen Null. Ich verlasse die Bank und gehe missmutig nach Hause. An einer belebten Straßenkreuzung steht ein Kolporteur der Kronen Zeitung, der mir ein Bündel Abendzeitungen entgegenhält. KRIEG! Unter der mit dicken schwarzen Lettern gezogenen Schlagzeile ist ein Foto mit grünen Leuchtspuren am Himmel abgebildet. Ich gehe näher an die Zeitung heran und betrachte das Bild, das ein abgedunkeltes Bagdad mit Brandherden und Lichtspuren der Fliegerabwehrraketen im Nachthimmel zeigt. Die Bildunterschrift: Bagdad unter Dauerbeschuss. Der Kolporteur lächelt mich aufdringlich an und fragt, ob ich eine Zeitung kaufen möchte. Auf dem Cover des Kurier ist der amerikanische Präsident in einer Fliegerjacke abgebildet. Er besucht seine Soldaten an der Front. Er geht für seine Männer durchs Feuer. Bei seinem Anblick fällt mir Nero ein, der in der Quelle der Aqua Marcia, der Trinkwasserversorgung Roms, gebadet haben soll. Vielleicht badet der amerikanische Präsident auch in den Trinkwasserreservoirs Roms, Londons oder Bagdads? Ich kaufe dem Kolporteur eine Zeitung ab. Im Weitergehen blättere ich durch die Abendausgabe und stoße auf eine Karikatur, die die USA gefangen in den gigantischen Tentakeln eines Riesenkalmars zeigt. Im Eingangsbereich einer U-Bahn-Station steht ein Zeuge Jehovas mit einer Ausgabe der Zeitschrift »Erwachet« in der Hand. Ich betrachte das Titelblatt mit der Zeichnung einer unscharfen, violett eingefärbten Flutwelle, die über eine skizzierte Stadt hereinbricht. Der Zeuge Jehovas lächelt mir aufmunternd zu und sagt: Wenn Sie wollen? Ich lächle nicht zurück. Der junge Mann hält mir die Erwachet-Zeitschrift vor das Gesicht und entblößt dabei verkrampft seine Zähne mit dem dunklen Drahtgestell einer Dauerregulierung. Ich entziffere die Bildunterschrift unter der gigantischen Flutwelle: »Auch du bist Jonas«. Ich kaufe dem Mann eine Zeitschrift ab und mache mich schnell davon. An der Hausmauer eines Wohnhauses in unserer Nachbarschaft entdecke ich das Graffito »Bagdad brennt – Wien pennt«. Ich zücke mein Notizbuch und notiere mir den Slogan, den ich bei günstiger Gelegenheit einem übermütigen Badegast in den Spind stecken werde. Immer wenn das Wirtshaus gegenüber unserer Wohnung Krebse auf der Speisekarte hat, muss ich an die Ruderfußkrebse denken, die auf einem Wirt wie dem Hai ihre Nahrung finden. Sie bezahlen nie, achten aber darauf, ihren Wirt nicht so stark zu schwächen, dass er sterben könnte. Das feine Gleichgewicht zwischen den Haien, Remoras, Schiffshaltern und Pilotfischen, die als opportunistische Trittbrettfahrer die Fressgewohnheiten der Haie ausnutzen, gerät nie aus dem Lot. Sie halten eine perfekte Balance zwischen Ausbeutung und Lebenlassen des Wirtstieres. Ich bezweifle, dass unter den Menschen dieses Gleichgewicht zwischen denen, die die Welt aussaugen, und den Ausgesaugten noch gilt. Mir gefällt das Wort Remora, was auf Latein so viel heißt wie »Verspätung«. Ich fühle mich als verspätete Existenz, weiß aber nicht, warum ich mich eigentlich verspätet habe. Ich habe mich derart verspätet, dass ich den Grund meiner Verspätung oder mein ursprüngliches Reiseziel ganz vergessen habe. Auch die Remoras haben kein Revier oder Ziel. Man vergisst zu oft, dass die Parasiten auch eine wichtige Funktion haben können, wie die gestreiften Zahnfußkrebse, die den Haifischen Kiemen und Maul putzen. Sie fressen die festgesaugten Schädlinge ab, und die Haie halten dabei ganz still, als wären sie beim Zahnarzt. Aber wer ist mein Wirt? Wer will mein Wirt sein? Ich würde die Gegenwart gar nicht anders ertragen, denn als Trittbrettfahrer.

In der kalten Wohnung hole ich den roten Saugdruckreiniger gegen Verstopfungen im Abfluss aus der Besenkammer, um die Saugkraft der Remoras zu studieren. Sie saugen sich wie ein schüsselförmiges Objekt an der wie von feinsten Zähnchen aufgerauten Haut der Haie fest. Durch Muskelbewegungen in der geriffelten Saugscheibe an ihrem Kopf erzeugen die Remoras ein Vakuum zwischen sich und dem Körper ihrer Wirte. Ich presse den roten Sauggummi an die glatte Kühlschranktür, drücke den verbleibenden Rest Sauerstoff nach draußen und erzeuge so ein Vakuum. Ich ziehe an, und die Tür des Kühlschranks gibt einen trostlosen Blick frei auf sein Inneres, in dem sich ein abgestandenes Gurkenglas und zwei Flaschen Wein befinden. Dieser Wirt gäbe nicht viel her. Ich drücke die Tür wieder zu und beobachte den Saugdruckreiniger, der sich wie ein erschlaffender Penis langsam nach unten neigt. Man kann daran sehr anschaulich die Kraft der Erdanziehung studieren, die den Holzstiel genauso nach unten drückt, wie das Gewicht des Wassers die Remora auf ihren Wirt presst. Nach dem Remora-Experiment öffne ich eine Flasche Wein, blättere in der Zeitschrift der Zeugen Jehovas und lese den Unsinn über die drohende Sintflut als Strafe Gottes. Die Wörter sind wie grauschwarze Fische, die lethargisch in einem Aquarium treiben. Solange die Welt besteht, drohte das Wasser über das Leben der Menschen hereinzubrechen. Die Bibel kennt die erotische Komponente des Wassers nicht, das Wasser ist lediglich zuständig für Chaos und Katastrophe. ER schöpft und ER vernichtet, obwohl das Wasser gleichzeitig mit Gott zu existieren begann. Die von der Bibel angedrohte Katastrophe ist nichts anderes als eine Katastrophenlust. Ich erinnere mich an die Untergangsszenarien, die wir uns als Schüler ausdachten. Wir spielten oft auf Sandhügeln mit kleinen Plastiksoldaten den 2. Weltkrieg nach. In der Schlacht um Stalingrad bewarfen wir die jeweils gegnerischen Soldaten mit Teppichkrachern. Danach goss ich aus einer riesigen blechernen Gießkanne eine gigantische Sintflut über die Schlachtfelder, die die zerfetzten oder geschmolzenen Plastiksoldaten vom Sandhügel schwemmte. (»Und es werden Zeichen geschehen an der Sonnen und Mond und Sternen/ Und auff Erden wird den Leuten bange sein/ und werden zagen/ Und das Meer und die Wasserwogen werden brausen.«) Ich werfe die Zeitschrift auf den Wohnzimmertisch und gieße etwas Wein über die Sintflut auf dem Titelblatt. Heute Abend bin ich in Katastrophenstimmung. Der Wein schmeckt besser, wenn es das letzte Glas gewesen sein könnte. »Es geschah das Wort des Herrn.« Die Buchstaben flattern vor meinen Augen wie ein Zitterrochen, während vor mir Jonas' Berufung und Flucht vor Gott auf den Seiten der Zeitschrift davonschwimmt.

Ich hatte einen schrecklichen Traum: Ein heftiger Wind kommt auf und es erhebt sich ein schweres Unwetter auf dem Meer, ich stehe unter schwarzen Gestalten auf einem Schiff, auf dem Oberdeck stapeln sich verrostete, aus ihrer Verankerung gerissene Container, und ich möchte Fußball spielen. Die schwarz verhüllten Männer kippen die Container vom schwankenden Schiff, die Bolzen knacken im schweren Seegang, ich laufe tatenlos an Deck auf und ab, dann klettere ich ins Innere des Schiffes und lege mich in einer der Kajüten der Männer schlafen, da steigen auch die Gestalten in schwarzen Kapuzen herunter und schreien mich an, warum ich schlafe, was schläfst du, pack mit an, und sie reden auf mich ein und fragen, warum wir in den Sturm geraten sind, ich suche einen Computer in der Kajüte, da zerren die Gestalten an meinem Ärmel und bilden einen Kreis, in dem sie würfeln oder losen, wer Schuld hat an dem Unwetter, ich weiß schon, dass es mich treffen wird, ich bekenne, ich sei auf der Flucht, und sie befehlen mir, ich solle wieder zurückkehren, zurück an meine Arbeit, ich sage, ich habe keine Arbeit, und sie schreien mich an, warum hast du uns nicht geholfen, die Container über Bord zu kippen, da stecken sie ihre Köpfe verschwörerisch zusammen und beraten sich, was sie mit mir machen sollen, ich höre Wortfetzen wie »über Bord werfen«, während die schweren Wellen ihre Gischt über das Schiff rollen, sein Bug stößt in einem immer wiederkehrenden, verhängnisvollen Kreislauf aus dem Wellental heraus, um stampfend auf der Kante des nächsten Wellenbergs aufzustoßen, es kracht wie Schüsse aus einem Gewehr, und im Inneren ächzen die Bolzen, so kämpft sich das Schiff durch den Sturm, und ich will ihnen zuvorkommen, trete die Flucht nach vorne an und schreie ihnen zu: Dann werft mich doch ins Meer, aber die vermummten Gestalten schütteln die Köpfe, wir können dich nicht ins Meer werfen, es ist gegen das Gesetz, ich erwidere: Welches Gesetz?

Und der Sturm wird immer heftiger, der Wind pfeift heulend um das Schiff und rüttelt an den Masten, und ich schreie: Dann springe ich, aber die Gestalten halten mich zurück und erheben ihr gemeines Gewimmer: Warum bist du auf der Flucht, da reiße ich mich los, stürze nach oben und springe über Bord, die vermummten Gestalten recken die Arme in die Höhe und sie schreien, und ich sehe sie zwischen den über mich schwappenden Wellenbewegungen wegdriften, ich kraule in den Wellentälern, da spüre ich einen Schlag und erwache in einem Container sitzend, und der Container atmet gleich einem riesigen Tier, ich rieche den Geruch tierischer Wärme, im Inneren beleuchtet ein grelles Neonlicht die blechernen Lamellen des Containers und ich klopfe und vernehme ein metallisches Scheppern, das Meer scheint sich beruhigt zu haben, doch da tritt Wasser durch ein zerschlagenes Guckloch in der Seitenwand ein, das Wasser schießt aus diesem Leck in Strömen in das Innere des Containers, und ich schreie: Ich will es nicht mehr tun! Ich will nicht mehr flüchten! Ich verspreche es, ich kehre nach Hause zurück, ich will nicht mehr davonlaufen, und das Wasser steigt immer höher und reicht mir schon an den Hals, der Wasserspiegel steigt und steigt, schon bin ich mit dem Kopf unter Wasser, ich versuche zu schreien, doch meine Schreie erklingen vom Wasser gedämpft wie in einen Polster gewimmert, ich schreie: Ich gehe nie wieder von zuhause fort, ich tauche gegen die Lamellen-Wand, und mein Rücken setzt schon Rost an, da entdecke ich wieder das Guckloch mit der zerschlagenen Panzerglasscheibe und zwänge mich durch die Öffnung, mit einem Mal werde ich wie durch ein Wunder in einem Wasserstrudel wie in den kreiselnden Bewegungen einer Zentrifuge nach oben gespült, bis an die Wasseroberfläche, da tauche ich neben dem Container auf, der die Form eines Wales aus Aluminium hat, ich schwimme auf ihn zu und entdecke eine Eisenleiter und erklimme den

Rücken des Aluminiumwals, da sehe ich Vivien, die sich in einem Liegestuhl sonnt, einen Arm hinter den Nacken gelegt, als sie mich entdeckt, greift sie nach ihrer Tasche, die an der Seite des Liegestuhls hängt, sie fischt ein Buch heraus und beginnt laut zu lesen: Als SIE sah, dass der Menschen Bosheit groß war auf Erden und alles Dichten und Trachten ihres Herzens nur böse war immerdar, da reute es SIE, dass SIE den Menschen gemacht hatte auf Erden … Während Vivien liest, setzt ein warmer Regen ein, es scheint, als hätte das Lesen das Wetter umschlagen lassen, ich blicke in Viviens Gesicht, aus ihrem Mund blitzt eine Zahnspange oder sind es Metallzähne, sie liest immer lauter, und im selben Ausmaß verdichtet sich der Regen: Und es bekümmerte SIE in ihrem Herzen, und SIE sprach: ich will die Menschen, die ich geschaffen habe, vertilgen von der Erde, vom Menschen an bis hin zum Vieh und bis zum Gewürm und bis zu den Vögeln unter dem Himmel, denn es reut mich, dass ich sie gemacht habe, ich rede auf Vivien ein, doch sie hört mich nicht, meine Worte sind bis zur Unkenntlichkeit gedämpft, ich schüttle sie, aber aus ihrem Mund blitzen nur die Metallzähne hervor, ich sage: Vivien, wir müssen hier weg! Auf dem Dach des Wals hat sich schon Wasser gesammelt, da sehe ich weiter hinten eine Katze, die versucht, eine Maus zu fangen, Vivien beginnt zu schreien, nach oben in den Himmel schreit sie dem Regen entgegen: Alles, was auf Erden ist, soll untergehen. Alles, was auf Erden ist, soll untergehen, sie skandiert den Satz in einer Endlosschleife, als feuerte sie eine Mannschaft an: Alles, was auf Erden ist, soll untergehen, und der Regen wird immer heftiger, ich laufe um ihren Liegestuhl herum, ich würde mich gerne hinsetzen, aber ich finde nichts, mir ist kalt, da erscheint im Wasser neben uns die Spitze eines Berges, ein Gipfel mit einem Gipfelkreuz, wir fahren nur wenige Meter daran vorbei, da entdecke ich auf dem zerklüfteten Gipfel die Mutter von Familie 1, die mir von der Spitze des Berges aus zuwinkt, und ich laufe zum Rand des Containers und versuche das vorbeischwimmende Gipfelkreuz festzuhalten, aber meine Arme sind zu kurz und erreichen die ausgestreckten Hände der Mutter nicht, und wir lassen die aus dem Wasser ragende Bergspitze hinter uns, da kommen die obersten Etagen zweier Zwillingswolkenkratzer in Sicht, wir halten direkt darauf zu und befinden uns auf Kollisionskurs, während Viviens grelle Stimme immer wieder denselben Satz skandiert: Alles, was auf Erden ist, soll untergehen! Alles, was auf Erden ist, soll untergehen! Und auf dem von der Gischt weiß aufgeschäumten Wasser treiben jetzt tote Vögel, da schwimmt der leblose Körper eines aufgedunsenen Schweins auf uns zu, mit dem bereits teilverwesten Bauch nach oben, jetzt flitzt die Katze um Vivien im Liegestuhl herum, doch die Maus ist nirgends zu sehen, das Wasser spritzt zur Seite, wenn die Katze mit ihrer Pfote nach der nicht vorhandenen Maus ins Wasser schlägt, Vivien schreit jetzt: Seid fruchtbar und mehret Euch! Seid fruchtbar und mehret Euch! Unser Wal-Container gewinnt jetzt an Fahrt, immer mehr Tierkadaver treiben an uns vorbei, aufgeschwemmte Pferde, tote Schwertfische, jetzt knie ich mich nieder, da mich meine Füße nicht mehr tragen können, der Regen hat etwas nachgelassen, obwohl die Wolken wie schwere, graue Bäuche über dem Meer hängen, da entdecke ich einen schmalen Spalt in der Wolkendecke, eine gelblich schimmernde Aufhellung, aus der ein Regenbogen am Horizont herabsinkt, ich schüttle Vivien: Sieh dort, ein Regenbogen! Aber Vivien liegt jetzt leblos auf dem Liegestuhl, wie tot, ihr Mund steht offen, und ich blicke in ihr Gebiss aus dicken, glänzenden Metallstäben, die an Stelle ihrer Zähne in ihrem Mund stecken … Ich erwache mit tauben Beinen vom Geräusch der Weinflasche, die auf den Boden gefallen ist, und fühle mich zerknittert und zerrissen von diesem Traum. Der ausgeschüttete Wein rinnt über die Zeitschrift der Zeugen Jehovas und über die Tischkante und tropft zu Boden. Ich versuche den Kopfschmerz in meinem Schädel zu lokalisieren und befühle meine Stirn, während ich in die Betrachtung des Weins versinke, der das aufgequollene Titelblatt der Zeitschrift mit seiner Flutwelle durchnässt: ERWACHET!

Der Helikopter zieht eine Schleife über die Dachlandschaft der Gürtelzeile hinter dem Stadthallenbad. Ich blicke in den Himmel und stelle mir vor, wie der Helikopter das Hallenbad gleich der abgeschlossenen Glaswelt einer künstlichen Biosphäre aufhöbe und irgendwo in der Wüste Arizonas, auf dem Mond oder Mars wieder absetzte. An den Spinden erzählt ein junger dicklicher Vater, während er seinem Sohn beim Umziehen hilft, dass sie ihm hier einmal eine teure Uhr aus dem Spind gestohlen haben. Der Junge schaut entsetzt und ungläubig, als wäre unmöglich, was nicht sein darf, dass seinem Vater etwas weggenommen wurde. Der Mann redet aufdringlich laut, sodass ihm alle Umstehenden zuhören müssen. Er schaut beim Reden immer wieder zu mir her, wie um bewundernde Blicke oder ein Lächeln für den Jungen zu erhaschen. Obwohl ich ihn für sein lautes, aufdringliches Gerede verachte, bin ich ihm dankbar für den Hinweis. Ich erinnere mich an den leicht debilen Cousin eines Schulfreundes, der Schlosser war und uns in einer Pause im Schulhof zeigte, wie einfach es war, Schlösser aufzubrechen. Er lachte immerzu, während er uns demonstrierte, wie man einen Schlüssel anschleifen musste, damit man ihn als Generalschlüssel für alle Schlösser desselben Typs verwenden konnte. Nach dem Badeschluss lasse ich den Spindschlüssel, den man beim Schwimmen um das Handgelenk bindet, mitgehen und sage der Portierfrau, ich hätte ihn im Schloss des Spinds stecken lassen. Zuhause schleife ich die vorderen Zacken so ab, wie es uns der Schlosser gezeigt hat. Am nächsten Morgen nehme ich für alle Eventualitäten die Feile mit. Im Gymnasium war der Diebstahl in der Garderobe beliebt, weil die Lehrer zu faul waren, die Garderobengänge zu kontrollieren, was eigentlich die Aufgabe der Pausenaufsicht gewesen wäre. Man ging dabei durch die einzelnen Gänge und streifte wie zufällig an den Manteltaschen an. Wenn es klimperte, griff man in die Taschen und erbeutete Kleingeld, manchmal auch Scheine. Die höheren Klassen waren wegen des höheren Taschengelds ertragreicher. Die Raffinesse an dieser Art der Bereicherung bestand darin, dass der Bestohlene den Diebstahl meist gar nicht bemerkte. Die meisten Leute wissen gar nicht, wie viel Kleingeld sie in ihren Taschen herumtragen. Der Kitzel des Garderobendiebstahls ließ uns den Schulterror leichter ertragen. Wahrscheinlich wurde auch ich oft Opfer dieser Garderobensteuer. Ich versuche mit meinem Generalschlüssel den Spind neben mir zu öffnen. Der Schlüssel passt.

Am günstigsten ist die Lage, wenn die Frauen im weißen Kittel Kaffeepause machen. Wenn man nur mit einer Badehose bekleidet ist, wird man genauso wenig für einen Dieb gehalten wie in dem teuren Anzug eines höheren Angestellten. Wenn ich in einem Spind nichts erbeute, drehe ich eine Runde, vergewissere mich, dass mich niemand beobachtet hat, und nehme mir den nächsten vor. Ich hole mir gerade so viel, wie ich für zwei Tage im Schwimmbad benötige. So erwirtschafte ich einen kleinen Polster für schlechtere Zeiten. Nie lasse ich mich von einem Nebenmann stören. Jeder hält mich für den rechtmäßigen Benützer des Spinds. Die Wahrscheinlichkeit, gerade in der einen Minute meiner Steuereinhebung vom rechtmäßigen Spindbenützer überrascht zu werden, ist gering. Da die Schwimmer den Diebstahl – wenn überhaupt – erst zuhause bemerken und wegen der kleinen Summe nicht gleich am nächsten Tag wieder ins Schwimmbad gehen, um den Diebstahl anzuzeigen, vergessen sie bald die ganze Angelegenheit. Und so bleibe ich – wo kein Kläger, da kein Richter – unbehelligt in meinem kleinen selbsternannten Königreich. Manchmal fallen auch Fotos von Kindern oder anderen Angehörigen aus den Brieftaschen, die ich dann tiefer hinter die Klarsichtfolien hineinschiebe, damit sie dem Inhaber der Brieftasche nicht wieder herausfallen. Ohne mich wäre das Foto vielleicht unbemerkt auf der Straße aus der Brieftasche gerutscht, und ihr Besitzer müsste das Foto dann umständlich nachbestellen, was sehr ärgerlich sein kann und mehr Mühe und Kosten verursacht als die 10 Euro, die ich der Brieftasche entnehme, insofern sich mindestens drei andere Zehner-Scheine darin befinden. Manchmal entdecke ich Kondome, Eheringe oder abgerissene Knöpfe in den Hosentaschen. Einmal fand ich einen Quarzkristall. Als ich ihn mit meinen Fingern umschloss, fühlte ich seine positive Kraftausstrahlung und hätte ihn gerne behalten, widerstand mir aber. Ein anderes Mal fand ich ein

Springermesser, das ich einsteckte, weil ich seinen Eigentümer vor dieser gefährlichen Waffe schützen wollte. Unter Wasser wäre das Messer zwar weniger gefährlich als über Wasser, da die Dichte des Wassers einen scharfen Stoß abdämpft, aber er wollte das Messer bestimmt nicht unter Wasser verwenden, sonst hätte er es wohl ins Becken mitgenommen. Es gibt wenige Waffen, die unter Wasser etwas taugen.

Der Winter ist nur noch ein Schatten seiner selbst, und die warme Frühlingssonne überzieht die nassen, wie hinter Glas glänzenden Straßen mit einem feinen gelben Licht. Die ungewohnte Wärme des herannahenden Frühlings ist mir gleichgültig. Immerhin sperren bald die Freibäder auf, und im Hallenbad tummeln sich dann nicht mehr so viele Badegäste und Winterflüchtlinge. Der einzige Nachteil ist, dass mit dem Frühjahr auch meine Einnahmen aus der Garderobe zurückgehen. Mittlerweile kann ich ohne Panikattacken vom Drei-Meter-Brett springen und bin mit meiner Leistung zufrieden. Ich nehme mir heute vor, einen Sprung vom Fünf-Meter-Brett zu versuchen. Vom Fünf-Meter-Brett bin ich noch nie gesprungen. Ich beeile mich beim Umziehen, haste die Stufen hinauf und umrunde das Becken an der Stirnseite mit der bunten Uhr. Ich bleibe einen Augenblick stehen und betrachte die Sekundenzeiger einzeln: den blauen zuerst, dann den gelben, den roten, den grünen. Die Uhr ist mein poetisches Menetekel, das mir nicht nur eine Uhrzeit, sondern auch die Farbe der Uhrzeit zur Wahl stellt. Ich verfolge die Spur des roten Sekundenzeigers. Ich bin Vivien seit Wochen nicht mehr begegnet, ich wüsste gar nicht mit Sicherheit zu sagen, ob sie überhaupt noch in unserer Wohnung wohnt, oder ich? Es kommt mir vor, als hätte ich sie für immer verloren, und das schon vor Ewigkeiten. Ich streiche das Handtuch auf meinem Stammplatz auf der Steingalerie glatt und lege meine anderen Badesachen dazu. Dann gehe ich hinüber zum Sprungturm. Ich steige die schweren Stufen des Turms hoch, vorbei am Ein-Meter-Brett, vorbei am Dreier. Ich stehe jetzt oben auf der Fünf-Meter-Rampe und mache zögernd ein paar Schritte nach vorne. Eine schwere Angst vor dem Sprung breitet sich von meinem Magen her in mir aus. In der Tiefe glitzert und kräuselt sich das Wasser meinem Blick entgegen. Ich fühle die schaulustigen Augen der Badegäste von der gegenüberliegenden Steingalerie auf mir ruhen. Ich entdecke mein glatt gestrichenes, herrenloses Handtuch auf meinem leeren Stammplatz. Ich blicke hinunter auf die Fliesen neben dem Becken und überlege, wie ich springen müsste, damit mein Körper auf den Fliesen aufschlägt. Ich müsste zur Seite und nach hinten wegspringen. Es wäre ganz einfach. Ich würde mit den Armen rudern und dann unten aufschlagen. Ich trete ein paar Schritte zurück, da gellt der Schrei eines Kinderlachens durch die Halle, das ich auf mich beziehe. Ich will laufen, nur laufen, nehme Anlauf, stoße mich ab und mache einige Schritte in der Luft, um einem Ort entgegenzugehen, den ich erst finden muss. Dann klatschen meine Füße auf der Wasseroberfläche auf. Ich tauche tief unter und erblicke schemenhaft die in die Wand des Beckens eingelassenen Gucklöcher der Kantine. Ich mache den Druckausgleich und denke, dass ich laufen werde, zu einem Ort, den ich erst finden muss.

Am Morgen liegt ein bedruckter Zettel auf der Kredenz, fast zur Hälfte über den Rand der Anrichte hinausragend, ein Blatt wie angeweht. Ich blase auf den Zettel, und er trudelt nervös zu Boden. Ich hebe das Blatt auf und beschnuppere es. Eine Botschaft von Vivien vielleicht, ein Schreiben unseres Vermieters, ein Haiku ist es nicht. Ich beginne zu lesen. Das Schreiben ist an Vivien gerichtet, betreffs Kündigung, sie ist aufgrund von firmeninternen Umstrukturierungsmaßnahmen gekündigt. Ich streichle das Blatt zärtlich. Vivien wird gebeten, die laufenden Projekte innerhalb des nächsten Monats so weit wie möglich zu Ende zu führen und ihrem Abteilungsleiter geordnet zu übergeben. Für einen Moment frage ich mich, ob damit auch das Projekt unserer Ehe gemeint ist. Das Wort »geordnet« macht mich verlegen. Es ist mir peinlich, dass Leute, die die größte Unruhe stiften, noch immer das Wort »Ordnung« verwenden, ohne vor Scham zu erröten, und ich bemerke, wie ich in diesem Moment stellvertretend für den Abteilungsleiter erröte. Wie kann man etwas geordnet übergeben, das man nicht selber zu Ende bringen kann. Es ist schon spät, ich muss mich beeilen, denn ich bin mit meinen Einnahmen im Rückstand. Ich schlurfe ins Bad und stelle mich unter die Brause. Juhuhui. Juhuhä. Juhuhui. Juhuhä. Ich seife mich gerade ein, da höre ich Viviens Schritte. Juhuhui. Juhuhä. Juhuhui. Juhuhä. Ich lausche in den Korridor und leite den Strahl der Brause so an meinem Körper entlang, dass der Wasserstrahl keinen Lärm verursacht. Ich höre, wie sich Viviens Stimme überschlägt, und entnehme ihren Antworten, dass ihr Chef offenbar wissen will, warum sie noch nicht im Büro erschienen ist und was gestern los gewesen sei. Vivien sagt, sie stehe ab sofort nicht mehr zur Verfügung, sie fahre nicht mehr in die Schweiz und sie fliege auch nicht mehr in die USA, nicht gestern, nicht heute und nicht morgen. Sie hängt den Hörer wütend auf. Ich spüle mir den Seifenschaum von den Beinen und versinke in den Anblick der herabrinnenden Bläschen. Ich frage mich, ob ich nach der Dusche noch immer nach Chlor rieche, aber es ist ja egal. Ich trockne mich ab, wickle mir das Handtuch um den Bauch und trete hinaus in den Korridor. Vivien steht bewegungslos neben dem Telefon und starrt den anthrazitfarbenen Plastik-Apparat an. Ich sage: Hallo. Sie schaut kurz auf, sagt: Hallo, und starrt wieder auf den Apparat. Während wir uns leblos im Korridor gegenüberstehen, stelle ich mir vor, wie ich auf sie zugehe und sie umarme, ich würde beobachten, wie das Duschwasser meiner gebündelten Haare ihre Stirn benetzt und wie wir uns in den Nacken greifen. Ich könnte sie fragen, ob sie mit mir schwimmen geht, und sie würde Ja sagen.

Im Entree des Hallenbades schlägt uns die chlorhaltige Wärme entgegen. Wir bezahlen und trennen uns an den Umkleidekabinen. Ich erwarte Vivien in der Kantine an einem der Tische unter den Bullaugen mit der Aussicht auf die Schwimmer unter Wasser. Als sie in die Kantine kommt, drehe ich unsere Stühle so, dass wir auf das Bullauge schauen können wie auf einen Fernseher. Ich sage: Die Schwimmer kommen mir so wehrlos vor, wie Säuglinge! Sie kommen immerhin voran!, sagt sie. Ich sage: Mich rühren ihre ungeschickten Bewegungen. Kannst du dich noch erinnern, wie du schwimmen gelernt hast? Vivien schaut versteinert an mir vorbei durch das Guckloch und beginnt zu erzählen, wie sie mit Schwimmflügeln schwimmen lernte. Wir bestellen ein Bier, und ich mache einen geschmacklosen Witz über einen unserer seltsamen Tauchurlaube an der Algarve. Wir schauen einem kraulenden Mann hinterher, der am Bullauge vorüberschwimmt. Unser Schweigen kommt mir bedrohlich vor, so als müssten wir jeden Augenblick über uns reden. Da sagt Vivien auf einmal: Kennst du den: Ein paar Konzerne veranstalten jährlich ein Wettrudern mit einem Vierer mit Steuermann. Die Teams bestehen aus Mitarbeitern und Abteilungsleitern. Ein Ruderboot wird immer Letzter. Aufregung in der Chefetage. Man beauftragt einen Coach, der das Boot auf Herz und Nieren prüfen soll. Nach Wochen kommt der Abschlussbericht: In dem Boot sitzen nicht vier Ruderer und ein Steuermann, sondern vier Steuermänner und nur ein Ruderer. Entsetzen in der Chefetage. Was ist zu tun?, fragt man aufgeregt den Berater. Der Coach sagt: Man muss den Ruderer besser motivieren! Ich lache gequält, und wir schauen wieder schweigend den Schwimmern zu. Ich weiß nicht, was ich sagen soll. Yukikos Geschichte vom Fluss Ohnewasser fällt mir ein. Ich sage: Kennst du die Geschichte vom Fluss Ohnewasser? Vivien schüttelt den Kopf. Der männliche Gott will das Wasser eines namenlosen Flusses zu seinem Dorf leiten und stampft für dieses Vorhaben einen ganzen Berg ein. Die Göttin aber bestimmt, dass das Wasser zu ihrem Dorf fließen soll und stellt ihren Haarkamm so auf, dass das Wasser umgeleitet wird. Daraufhin versperrt der Gott den Zufluss des Dorfes und will das Wasser wieder zu seinem Dorf umleiten. So zanken sich die beiden Götter unentwegt. Dann hat die Göttin die Idee, unterirdische Rohre zu verlegen, um den Gott zu täuschen. Das Wasser verteilt sich unterirdisch und bewässert die Felder. Dann versiegt es. Deswegen nennt man den Fluss Minashi: Fluss Ohnewasser. Vivien schaut mich überrascht an: Und versöhnen sich die Götter am Ende? Ich erfinde etwas und sage: Nein, wann immer ein Gewitter über dem Dorf heraufzieht, denken die Bewohner des Dorfes, die beiden Götter würden wieder streiten, noch heute. Vivien schüttelt ungläubig den Kopf: Aber die Göttin hat die Felder doch fruchtbar gemacht. Ich sage: Ja, aber sonst hätte der Gott eben seinen Berg fruchtbar gemacht. Vivien schaut mich angriffslustig an: Von wem hast du die Geschichte? Wer hat sie dir erzählt? Ich gebe ihr keine Antwort, und mein Blick verliert sich im Blau des Wassers hinter dem Guckloch. Ich sage, ich weiß nicht, ob das ein gutes Ende ist, aus der Sicht des Flusses, meine ich. Ich finde, die Geschichte geht gar nicht so schlecht aus, sagt Vivien, ich habe noch ein Rätsel für dich. Ein Mann kommt eines Tages zu spät zur Arbeit, in seiner Hektik vergisst er, Regenschirm und Regenmantel mitzunehmen. Wie schafft er es, trotzdem nicht nass zu werden? Vivien schaut mich erwartungsvoll an. Ich tue so, als hätte ich das Rätsel noch nie gehört und sage: Ich weiß es nicht. Es hat nicht geregnet! Vivien lächelt mich an. Ich stimme in ihr Lächeln ein. Es ist unser erstes gemeinsames Lächeln seit Monaten. Wir schweigen eine Weile und aus den Lautsprechern in den Ecken der Kantine dröhnt ein Song von Tina Turner. Dann dreht sich Vivien zu mir und schaut mich lange an: Wo bist du? Wo warst du? Ich erzähle ihr von Yukiko, aber ich verschweige ihr die Nacht im Hallenbad. Vivien schüttelt langsam den Kopf: Hast du dich wieder in eine Undine verliebt? Ich sage: Sie war eine Zufallsbekanntschaft. Im Hallenbad. Eine Japanerin. Hast du sie schon mit Arabesken behängt, die ihr vom Kopf fließen wie blondes Engelshaar? Wir bleiben schweigend und den Blick voneinander abgewandt sitzen. Ich weiß nicht wie lange. Vielleicht muss das Schweigen so weit gehen, bis es unerträglich wird. Ich sage: Vielleicht hast du Recht. Mag sein. Aber vielleicht bedeutet Yukiko etwas ganz anderes, vielleicht ist sie überhaupt noch nicht aufgetaucht. Vivien starrt auf das Bullauge. Auf einmal sagt sie: Auch bei mir gab es einen Yukiko. Mein Blick folgt einer auf dem Rücken liegenden Schwimmerin in einem blutroten Badeanzug, die beim Rückenschwimmen ein wenig seitwärts trudelt. Vivien erzählt. Als sie fertig ist, trinkt sie ihr Bier in einem Zug aus. Sie steht schnell auf und verlässt die Kantine. Ich rufe ihr nach: Ich komme dann! Ich blicke durch das Bullauge und trinke langsam mein Bier aus. Da sehe ich Vivien in ihrem schwarzen Badeanzug mit den gelben Sportstreifen auf Bahn 7 schwimmen, und für einen Augenblick ist sie mir völlig fremd. Sie schlägt am Beckenrand unter den Startblöcken an, macht eine elegante Wende und schwimmt mit kräftigen Schwimmzügen in die entgegengesetzte Richtung. Während ich ihre gelblich schillernden Beine im Blau des Wassers verfolge, breitet sich ein fremdes Glücksgefühl in mir aus, und ich betrachte meine schwimmende Frau voller Dankbarkeit, mit der Gewissheit, dass wir uns noch einmal gefunden haben. Ich dämpfe eilig die Zigarette aus, denn ich möchte Vivien das Handtuch halten, wenn sie aus dem Wasser steigt.

Nachdem sie sich abgetrocknet hat, führe ich Vivien durch die Halle. Wir bleiben am Panoramafenster stehen und schauen auf die ungewöhnlich ruhige Gürtelstraße hinab. Da queren einige Demonstranten mit Transparenten unser Gesichtsfeld, erste Ausläufer einer sich ankündigenden Menschenmasse. Die Dächer der umliegenden Häuser glänzen wie vom Frühlingsregen lackiert. Aus einem der Fenster hält ein Bewohner eine Fahne in Regenbogenfarben mit der Aufschrift PACE. Am Gürtel ziehen skandierende Demonstranten vorbei. Aus der Distanz hört man nur ein gedämpftes, inhaltsloses Brummen. Eine Kette von Demonstranten hält ein riesiges Transparent in die Höhe, das fast die gesamte Straßenbreite einnimmt: KEIN KRIEG IM IRAK KEIN KRIEG Ich drehe mich Vivien zu und sage: Vielleicht sollte man mitgehen. Vivien nickt: Ja, vielleicht morgen. Ich sage: Ja, morgen. Die kräftige gelbe Frühlingssonne wirft ihr triumphierendes Licht über die Fassade der Häuser, und am Horizont, zwischen versprengten, grauen Wolkenteppichen, bilde ich mir ein, einen diffus schimmernden Regenbogen auszumachen, der sich irgendwo im Osten, da, wo die Donau die Stadt in zwei Hälften teilt, zur Erde senken muss.

Am Abend führe ich Vivien in die Methode der Garderobensteuer ein. Sie ist skrupellos und bewahrt die Nerven. Das Eintreiben der Steuer funktioniert zu zweit viel reibungsloser, weil einer Ausschau hält, während der andere in Ruhe den Spindkasten öffnen und die Steuer einheben kann. Kurz vor Badeschluss gehen wir zurück zu unserem Stammplatz auf der Steingalerie. Die Halle leert sich langsam. Ich hätte jetzt gerne eine Kamera dabei, um ein Foto von mir und Vivien mit Selbstauslöser zu machen – wie Gerhard Richter. HERBERT GRÖNEMEYER HERBERT GRÖNEMEYER HERBERT GRÖNEMEYER HERBERT GRÖNEMEYER HERBERT GRÖNEMEYER Von der Anzeigentafel blinken die letzten Werbeeinschaltungen. Ich sage zu Vivien: Ich würde gerne wissen, wo diese Maschine steht, in die der Text für die Anzeigentafel eingegeben wird. Ich würde mich gerne einmal in der Nacht einschleichen und etwas anderes in das Gerät eintippen. Vivien fragt: Was würdest du eintippen? Ich sage: Unsere Geschichte! Ich stelle mir vor, die laufenden Buchstaben würden wie ein leuchtendes Band unsere Geschichte erzählen, die man über die Anzeigentafel mitlesen könnte. HERBERT GRÖNEMEYER HERBERT GRÖNEMEYER HERBERT GRÖNEMEYER HERBERT GRÖNEMEYER HERBERT GRÖNEMEYER Ich halte mir mit meiner linken Hand das rechte Auge zu und versuche, mit meinem kurzsichtigen Auge die Werbung für den deutschen Popstar zu entziffern, und lese: GRÖNLAND GRÖNLAND GRÖNLAND GRÖNLAND GRÖNLAND GRÖNLAND GRÖNLAND Vivien steigt die Stufen der Steingalerie hinunter und springt vom Beckenrand ins Wasser. Als sie an die Oberfläche taucht, ruft sie mir zu: Komm! Während ich die Stufen hinuntersteige, blicke ich in Richtung Bademeister. Er beobachtet mich, und ich zögere einen Moment, doch dann springe ich vom Beckenrand zu Vivien ins Wasser. Als ich auftauche, höre ich keinen Pfiff des Bademeisters. Wir schwimmen bis zum Badeschluss und jedes

Mal, wenn wir aneinander vorbeischwimmen, berühre ich Viviens Körper leicht, so wie die Glattwale ihre Weibchen mit den Flippern streicheln. Als die Durchsage vom Badeschluss kommt und die letzten Badegäste aus dem Wasser steigen, sind nur noch wir beide im Becken: Vivien und ich. Das Unterwasserlicht und die Neonlampen am Plafond werden ausgeschaltet. Ich beobachte Vivien, die mit sich im Wasser spielend mit dem Kopf immer wieder untertaucht und so langsam auf die Badeleiter zuschwimmt. Ich mache einige kräftige Schwimmzüge, stemme mich aus dem Wasser und bleibe am Beckenrand stehen. Vivien taucht ein letztes Mal vor der Leiter unter und kommt langsam nach mir die Badeleiter hoch. Sie steigt als Letzte aus dem Wasser, das sich schnell beruhigt und glatt wird wie eine Haut.

Juhuhui. Juhuhä. Juhuhui. Juhuhä. Ich schlage die Augen auf und greife hinüber zu Vivien. Juhuhui. Juhuhä. Juhuhui. Juhuhä. Vom Korridor her erklingt der elektronische Dreiklang des Telefons. Ich habe keine Lust hinzugehen. Es wird wahrscheinlich Viviens Vater sein, der wissen will, wie es Emilie geht. Juhuhui. Juhuhä. Juhuhui. Juhuhä. Vivien schläft unbeirrt weiter, das Bett ist ganz warm, da, wo sie schläft. Wir wollten heute früh aufstehen und hinaus ins Schwimmbad, so früh wie möglich, solange nicht so viel Betrieb ist, denn heute ist Samstag. Ich beuge mich über sie und schnuppere an ihrem Arm. Endlich rieche ich einen Hauch von Chlor. Sie atmet gleichmäßig, und ich überlege zaghaft, ob ich sie wecken soll. Ich finde keinen Grund, sie aus ihrem Schlaf zu reißen, und drehe mich von ihr weg. Während ich in meinen Traum zurücksinke, erinnere ich mich, wie ich gestern an der Scheibe des Panoramafensters stand und einzelnen Tropfen des Frühlingsregens nachblickte, der sanft auf die Demonstranten und das Kopfsteinpflaster fiel. Dort, hinter der Silhouette der Stadt, musste irgendwo die Donau sein. Ich erinnere mich, wie ich mich zum Becken umdrehte und Vivien suchte, die auf Bahn 7 schwamm. Und ich fühlte, dass Vivien und ich, zwei ölige Quastenflosser, wieder eine Extinktionskrise überlebt hatten. Ich richtete meinen Blick erneut durch die Scheibe des Panoramafensters in Richtung Osten, wo sich die dunklen Regenwolken bereits lichteten. Ich sah einen gelben Streifen am Horizont und war mir sicher, dass das Wetter noch aufklaren würde. Und als ich den Horizont genauer absuchte, konnte ich einen blass schimmernden Regenbogen ausmachen, wie sie so häufig sind, jetzt im April. Aber vielleicht war da am Horizont gar kein Regenbogen. Vielleicht war es nur eine Spiegelung des Panoramafensters im Hallenbad.

Ich möchte mich bei allen Freundinnen und Freunden, die bei der Entstehung dieses Buches als Leser und Ratgeber halfen, bedanken: insbesonders gilt mein Dank Andreas Essl, Martin Gastl, Claudia Gelich, Kathrin Groß-Striffler, Werner Hinterberger, Felicitas Hoppe, Reinhard Kretzl und Rosemarie Poiarkov.

Umschlag: & Co
Layout + Satz: AD
Herstellung: Finidr s. r. o.

ISBN 3-85420-699-2

Literaturverlag Droschl A-8010 Graz Alberstraße 18
www.droschl.com